きおくにさくはな

花のエッセイと木版画――高北幸矢

すてきなことのはじまり

二〇〇八年の十一月、名古屋造形大学の学長職にありましたとき、それまで同じ市内での文化活動ということで交流のありました小牧市文芸協会の会長さんが、学長室を訪問されました。用件は、小牧市文芸会協会誌「駒来」の表紙を描いて欲しいとのこと。ついては、この機会にモノクロームからカラーに変えたいとのこと。また予算が厳しい中、なんとかボランティアでお願いしたい、というお話でした。

アートとデザインの研究と仕事を四十年続けてきて、他分野の芸術文化活動も共に励まし合い支援し合うことが、芸術文化の厚い集積となることと確信していました。中でも、文学は核となるにも関わらず、現代においては厳しい状況であることも認識していました。お力になれるようでしたら、お手伝いさせていただきます、と即答しました。会長さんは歓んで帰って行かれました。

さて表紙について、内容はお任せとのことでした。表現方法を拡げようと始めて間もない木版画にすぐ決まりました。木版画と文学は歴史的にも蜜月の例が多く残されています。モチーフは、その発刊号の季節にふさわしい花を選びました。我々の暮らしに関わり親しまれた身近な花、ときには果物や木の実、葉の場合もあります。

花の名前は、文学的にちょっとこだわって、和名にしています。

エッセイですが、最初の号を入稿するにあたり、会長さんから、「表紙の言葉を添えてください」とお願いがありました。拙文ですが文章を書くことは好きです。というわけで、勢いで書くことになりました。

本にまとめるにあたり、協会誌に登場した順ではなく、初めて観ていただくことを前提に一月からの季節順とし、なんとなく日記風に日付を加えました。

なお出版にあたりまして、既出の文を読み直し、加筆訂正をすべての文で行いました。木版画とエッセイ、楽しんでいただけましたら幸いです。

もくじ

一月三日

七つの水仙

フォークソング「七つの水仙」は、一九六四年ブラザース・フォーによって大ヒットした。「僕にはお金も家も何もないけれど、君にキスと七つの水仙をあげる…」当時中学生だった私には、心に沁みる歌だった。

水仙の原産地は地中海沿岸地域で、シルクロードを通ってペルシャ、中国、日本にもたらされたと言われている。日本では、越前岬、淡路島、爪木崎《つめきざき》と海流に乗って広がったことが想像される。

水仙の名前は中国名で、水中の仙人のことを水仙と呼ぶそうだ。ギリシャ神話の美少年ナルキッソスは水面に映る自分の姿に恋して泉に落ちて死んでしまったが、その跡に一輪の水仙が咲いたという話とどこかで結びついているような気がする。また日本では、真冬に雪が降り積もる中で凛々しい姿で咲いているので、「雪中花」などとも呼ばれている。花の少ない一月、それゆえ多くの想いを寄せられ、愛でられて幸せな花である。

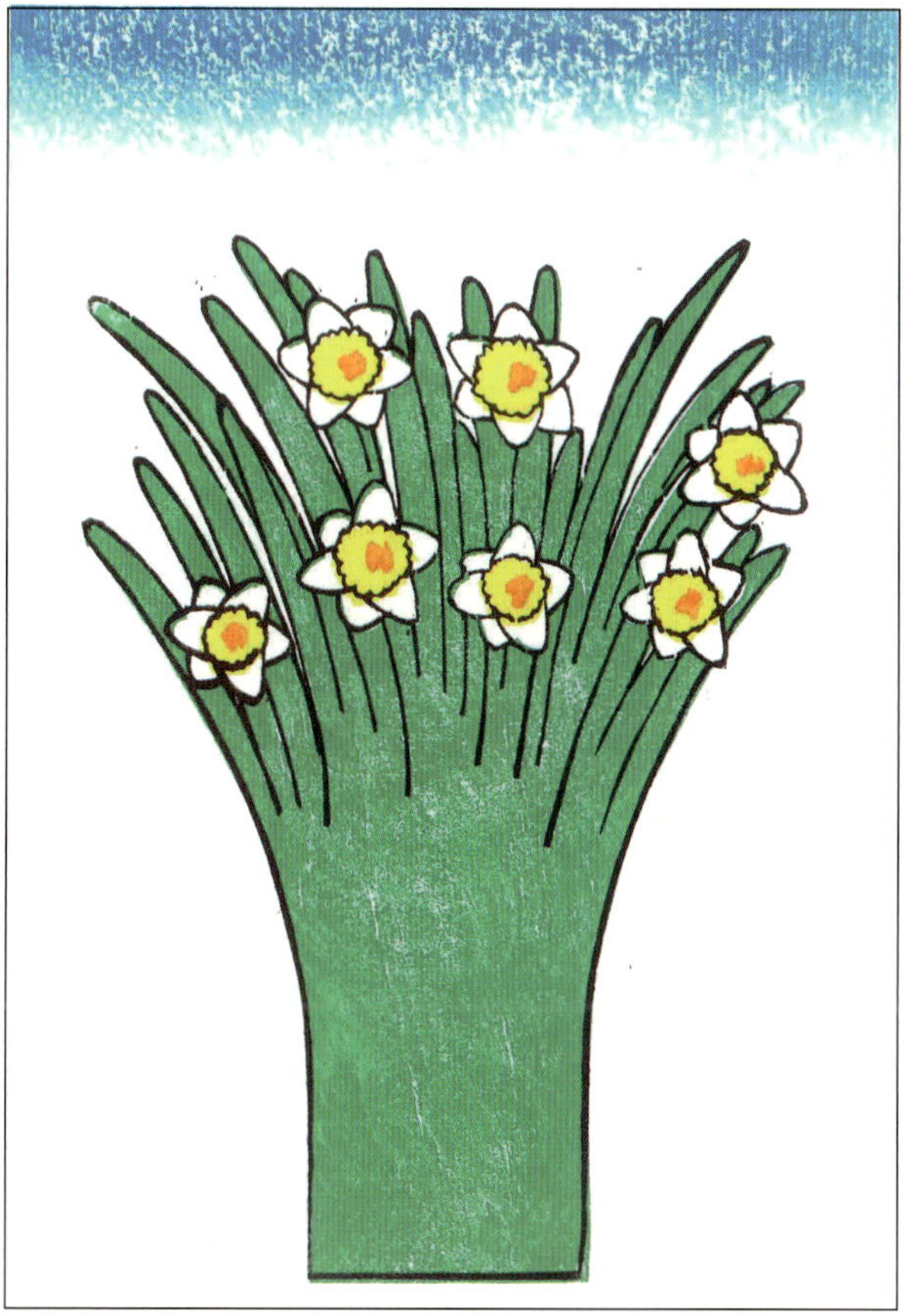

一月五日

万両《まんりょう》万感

今の住まいであるマンションに引っ越した頃。陽当たりのいい六階で、やや広いベランダを得た歓びで鉢植えやプランターをどんどん運び込み、緑のベランダにした。野鳥が訪れるようになり、小鳥のさえずりも日々の暮らしの一コマになった。

五月のある日、ベランダの隅に餌台を設置、蜜柑を置いた。用心深かった野鳥も、やがて蜜柑をついばみにやってきて、かわいい風景を見せてくれた。中でも手強いヒヨは、けたたましい声で私をぎょっとさせた。やがて餌台はヒヨの独占状態となり、蜜柑のない日は激しく啼いて餌を要求する。うんざりするほどになって餌台を取り外した。

二年目の春、プランターのあちこちに万両の実生の芽が出始めた。鉢に移植しながらこの万両を運んだのは、あのヒヨであることに気づいた。

今、我が家のベランダは、立派な万両の鉢植えが三つ鎮座している。その万両の紅い実をやっぱりヒヨが食べに来る。

一月六日

千両の庭

料亭で食事をするという機会は極めて少ないが、心躍る歓びである。料理は当然のこと、品書き、器、床の間の室礼《しつらい》、ご主人の装いなど究極の日本文化を楽しむことができる。中でもお庭を拝見することが大きな楽しみである。季節の気配、移ろいを庭に見ることができると、料理も一際美味しいというものである。初冬の石蕗《つわぶき》から山茶花《さざんか》、寒椿、椿へと花が移っていく中で、万両、千両がその実を朱く染めていく。花も実も無くとも葉蘭《はらん》は美しい。千両と言えば、古川美術館分館爲三郎記念館の庭の千両が見事である。数寄屋造りのこの建物は、かつて古川爲三郎氏が住まいとされ、現在は氏の遺言で一般に広く公開されている。古川美術館の一翼でもあり、展覧会も多く開かれている。爲三郎記念館の千両がかくも美しいのは、その庭の見事な設計による。そしてその庭を、日々手を入れて掃除をされる橋本さんの行き届きがあってのものだ。元旦を除く三六四日欠かすことなく、庭の面倒を見ておられる。橋本さんは爲三郎氏がご存命の頃、運転手をされており、亡き後は主人が愛した庭を守り続けている。

一月七日

幸せはこべ

「せり なずな ごぎょう はこべら ほとけのざ すずな すずしろ」。草花が大好きだった私に、春の七草を教えてくれたのは母だった。まだまだ小さかったので、覚え歌は言えるようになったものの、どれがどの草かはなかなか覚えることができなかった。

はこべは、はこべらとも呼んで、白い小さな花で一見十枚の花びらに見えるが五枚である。一枚が二つに分かれているので十枚に見える。子どもであった私は、その小さな花を何時間も見つめていた。子どもの流れている時間は、ゆっくりだった。

群れて生えているはこべを、七草粥にと母はせっせと摘んだ。ほかの七草は、すずしろの大根だけで、我が家の七草粥は二草だった。

大人になった私に母は、相も変わらず春の七草「せり なずな ごぎょう はこべら ほとけのざ すずな すずしろ」を教えてくれる。それは教えるというよりも自分の口ぐせのようなもので、私はいつも黙って聞いている。その楽しそうな表情を見ていると、春の七草が幸せを運んでくれるような気がした。

一月九日

木瓜《ぼけ》あざやか

新しい年を迎えて間もなく、我がベランダの木瓜が蕾を膨らませる。少しずつその蕾の先が紅くなって、春の予感を見せてくれる。気がつけば二つ三つと咲かせ、いつのまにか花がいっぱいになる。小ぶりの鉢植えであるが、満開の木瓜はその存在感をベランダに主張する。

なんとなく気の毒な名前の木瓜、こういう誤った印象を与えるから私は花の名前をカタカナで表現することを好まない。花の名前に限らず、虫でも鳥でも生物はすべて「漢字でどのように書くのだろう」を大切にしている。「なんでこの字なのだろう」には、大切な意味が込められており、花や生きものを愛する気持ちが高くなる。

木瓜は、果実が瓜に似ている、瓜のなる木という意味である。「もけ」または「ぼっくわ」から「ぼけ」に転訛したものといわれる。

中国原産で、平安時代に日本に帰化した植物、中国の花の紅色と言えばなるほどである。紅い色に敏感な小鳥たちが、木瓜の花に誘われて賑やかなベランダになるのも、春の嬉しい眺めである。

一月十二日

竹藪壕

「地震が来たら前の竹藪に逃げるんやで」。祖母のいい聞かせは口ぐせになっていた。竹の根は強くてどのような地震にも崩れるようなことはなく、竹藪は地域の避難地とされていた。竹藪には洞穴があって、子どもには探検ごっこや鬼ごっこの楽しい遊び場だった。春には太い筍がニョキニョキと伸びて、子どもでも簡単に小刀で切って竹工作を楽しむことができた。夏の竹藪は涼しく、竹と混ざって生えている杉に油蝉が大合唱していた。竹藪の間をキラキラと羽を輝かせながら羽黒蜻蛉《はぐろとんぼ》が行き交い、鬼蜘蛛《おにぐも》は巣を大きく拡げていた。秋、子どもたちは食べることができる木の実の収穫の多い山に出かけて遊ぶので、竹藪は訪れることのない静かなところになる。冬はさらにひっそりとして、たまに笹の葉に積もった雪もすぐ木枯らしに払い落された。

中学生になって知ったことだが、あの竹藪の洞穴は地震の際に逃げ込むためのものと思っていたが、そうではなく防空壕だった。その洞穴も、今は子どもたちが危険ということで埋められ無くなっている。

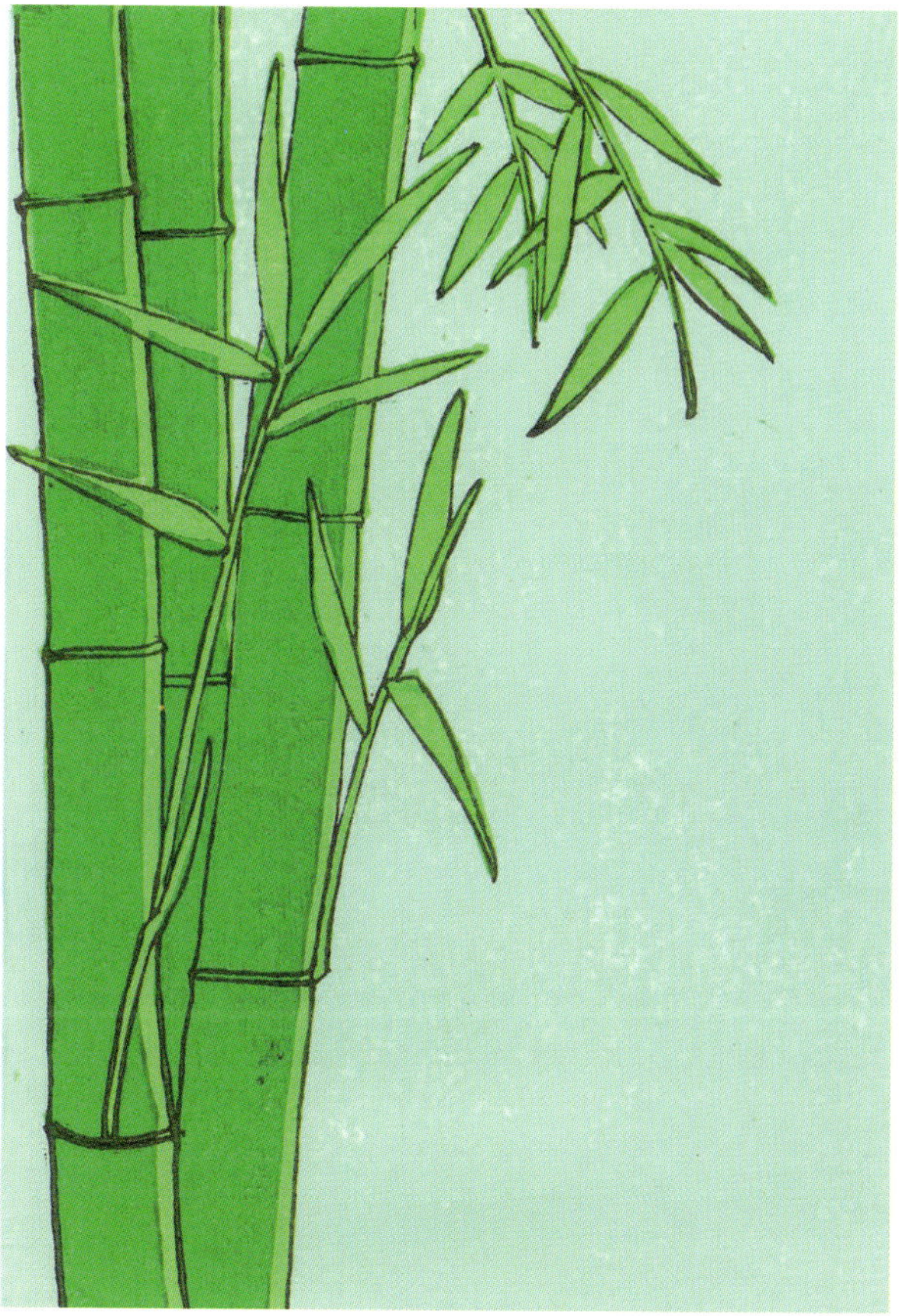

一月十五日

あっふきのとう

朝日に輝いて昨日の雪が一層白い。ふるさとの山道は冬枯れで、水墨画のように静かな景色を描いている。大地の命たちは、土深く息をひそめて春の訪れをうかがっている。近景に眼をやると、眠りこけた枯れ草の中に、点々と若草色の目醒めがある。「あっふきのとう」瑞々しい形は蕗《ふき》の花の蕾。食用として親しまれている蕗の茎や葉が出る前にふきのとうは芽吹く。蕾を幾重にも苞《ほう》が取り巻いている。大切に大切に我が子を慈しむような姿である。

花の蕾を食するのは、早春ならではのこと。菜の花の蕾、土筆《つくし》、ブロッコリー。いつ食べても春の香りであるのは、蕾を食べているという意識によるものかも知れない。早春の味はほろ苦い。苦みを取ろうとして、炒め過ぎたり、水に晒《さら》し過ぎたりすると、春そのものがどこかに消えてしまう。苦みを楽しむことができるのは、多くの味と出会ってきた人生の歓びとしたい。

一月十七日

春じゃ侘助《わびすけ》

初冬から晩春まで様々な椿が咲き続ける。新春の早い頃から咲くのは侘助である。一重でお猪口《ちょこ》のような小さな花をつける。色は白が多いが、紅や混色のものもある。

名前の由来は「千利休の下僕の侘助が、利休のために苦心して育てたこの椿を、利休が茶事に用いて非常に好評だったのを喜んで、その下僕の名前を取って名づけられた」といわれている。伝説とされるが、この楚々とした花が利休好みであることは多くの頷けるところである。

ある日、花好きの友人と椿の話になった「やっぱり侘助はいいね」、とその熱い思いを語り、頷く友人との結論に至った。翌週、友人は二メートルもあろうかという侘助を車に乗せてやって来た。「父からのプレゼントです。実は父も侘助が大好きなんです」、驚きで返答に困ってしまったが、大好きな侘助が我が家に来るという歓びで、遠慮もなくいただくことにした。

次の新春から侘助は、次々と花をつけ、咲いては落して鉢の上やその周辺にも咲かし続けている。雀や目白もやって来て、その蜜を奪い合う。

毎年最初の一輪が咲くと、どこからか「春じゃ侘助」と呼ぶ利休の声が聞こえる。

一月二十日

福寿草《ふくじゅそう》

母の母である祖母の家は、実家のある村から川上にバスで一時間ほど上った村にあった。山間に肩を寄せ合うように家が立ち、盆踊り、お祭り、お正月の行事がとても盛んで、村中の行き来があった。

祖母の家は、林業、農業、養鶏業を少しずつ営んでいて、行くといつも卵、鶏肉をごちそうしてくれた。当時は、地鶏で卵をあまり生まなくなった鶏を伯父さんが捕まえて、裏庭で潰すのである。「カギャーッ」という一声がいつも最後に聞かれた。そんな鶏の命と引換えに、美味しい鶏肉を腹いっぱいごちそうになった。昭和三十年代前半のことである。

祖母は、私が行くといつも「よう来たな」と少し屈み始めた腰を伸ばして笑顔で迎えてくれた。母と同じ花好きの祖母は、軒下にいい加減な器でいろいろな植物を育てていた。その中に福寿草があり。それだけは釉薬のかかった立派な平鉢に植えられていた。正月になると福寿草は玄関に移され、やがて黄金の色の花が凍える冬の中で温かく咲いた。

祖母は「福じゃて」と手を合わせていた。私の記憶が曖昧なうちに、祖母はあの世に旅立った。

一月二十四日

大家蝋梅《ろうばい》

志望の高等学校に入学はできたが、通学に二時間近くかかった。冬になると夜も明けない真っ暗なうちに家を出る。最寄り駅についてもまだ夜が明けない、冷たい風がホームを吹き抜けて悲しくなる日が続いた。一年生の成績があまりにひどかったので、「こんな遠距離通学では勉強する時間がない」、と両親に逃げを打った。

高校二年生になって、願っていた下宿生活が始まった。高等学校から十五分のところにある旧家で、老夫婦だけの暮らし、小さいながら賑やかな庭もあった。

季節は冬になり、賑やかだった多くの庭木は葉を落とし、ぽかんと間抜けたものになった。冬休みを故郷で過ごし、下宿に戻った私を待っていたのは庭の黄色い花だった。冬という花枯れの中で見たこともない甘い香りの花だった。おじいさんはやさしい笑顔で「蝋梅だよ」、と教えてくれた。

大学を出てから母校を訪ねることがあって、ふと下宿に寄ってみた。屋根が大きく崩れ、既に住む人もない寂しさの中で、あの蝋梅が甘い香りとともに、黄色の花を咲かせていた。

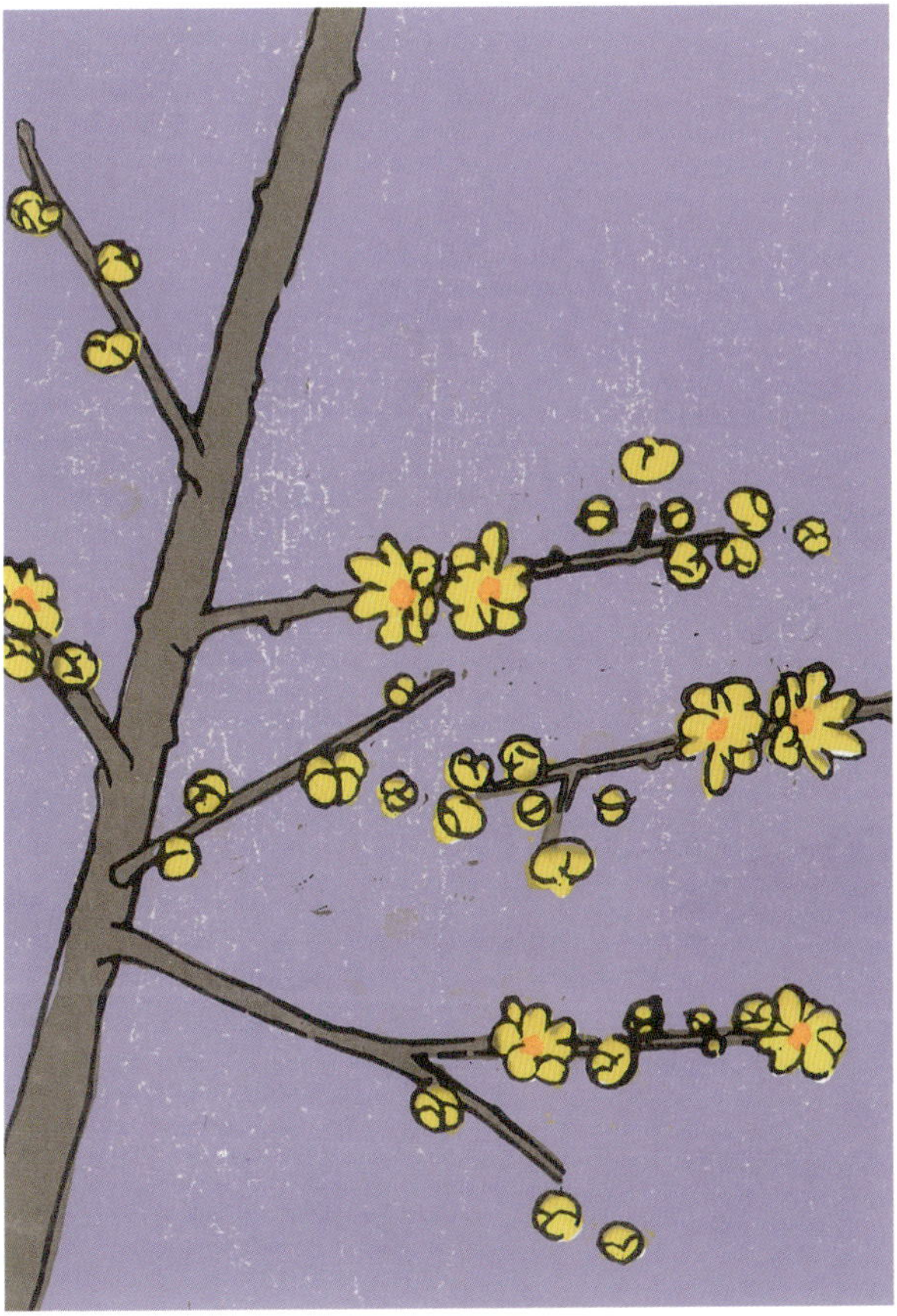

一月二十七日

三色菫《さんしょくすみれ》なかよし

小学校に入学した頃、「なかよし」という児童向け雑誌があることを知った。なかよしという言葉は家庭の中にも友達の中にもなく、その意味が解らなかった。ほかにも解らない新しい言葉がいっぱいあったことを記憶している。小学校は遊ぶところではなく、勉強するところであると教えられ、とても緊張して通学していた。

小学校には近所にはない花壇があった。近所にあるのは花畑で、花壇との違いが解らなかった。花畑に咲いている花は名前を知っているが、花壇には知らない花が多かった。チューリップ、ヒヤシンス、クロッカスなどカタカナの名前の花がたくさんあると思った。その花壇に三色菫があった。白と紫と黄色の三色だから三色菫という名前であることは、とても覚えやすかった。三色菫の花が人の顔に見えて楽しく、とても親しみを感じた。なかよしという意味が人と人の仲が良いことであることと知って、人の顔に見える三色菫はみんななかよしだと思った。

小学校を卒業する頃になっても、春先の花壇にはやはり三色菫が植えられていたが、名札は「パンジー」に変わっていて、寂しかった。

一月三十日

雀南天《なんてん》

難を転じて福と成す、南天は紅い実も美しいが、四季を通しての瑞々しい緑も喜ばれる理由だろう。祝い事があると、母は赤飯を炊き、近所へ挨拶に回る重箱には必ず南天の一枝が添えられていた。

私の生まれた田舎の家は、旧家でそれなりの前栽《せんざい》があり、二十本ほどの大きな株になった南天があった。屋根に届くばかりの高さで子どもの私には恐ろしいくらいであった。冬が近づくと何万個の実が紅く色づき、毎朝やって来る雀に私は起こされた。大雪の積もった朝は、飢えた雀たちが何十羽とやって来て実をついばみ、南天の雪をドサッと落した。

十年ほど前に実家を守る兄が、古い家を壊し新しい家を建てることにした。前栽もまた潰されることとなった。家を出た次男の私に発言権はない。雀たちが撒き散らした南天の種があちこちで次世代を作っている。それを引き取って前栽の想い出とした。

今、私のマンションのベランダで大きく成長、南天は紅い実を雀たちに楽しませている。

二月三日

光琳《こうりん》紅白梅

「紅白梅図屏風」といえば、尾形光琳の代表作。左右に別れた紅梅、白梅の間を川が流れている。白梅は男、紅梅は女と見立てることは絵の楽しい観方である。天の川を挟んで、牽牛《けんぎゅう》と織姫のようにも見える。白梅は、紅梅に語りかけ、誘うように枝を差し出し、紅梅はそれに応えるように、あるいは拒むように枝をしならせ反らせている。「紅白梅図屏風」を引用するなら、いっそ川を越え紅梅の枝に届かせてみた。紅白梅、男女の擬人化が一層見えて来る。

「東風吹かば匂ひおこせよ梅の花　主なしとて春を忘るな」の道真公の句に、飛び梅を目に浮かべれば、龍のごとく恐ろしき姿、はたまた天使のように愛らしい姿か。いずれにしてもファンタジー溢れる梅である。東風に愛撫され開く梅の花というのも、思い浮かべてみればなんと色っぽい歌であることか。

二月七日

菜の花畠に

二〇〇〇年になったばかりの頃、房総半島の千倉に住む友人を訪ねた。ドライブ旅行ではあるものの、二月になったばかりで、まだまだ風は冷たい。ところが房総半島に入ると、空気が変わる、風景が明るくなる。気温が五度ほど高いこともわかる。太平洋に臨む半島は、紀伊半島、渥美半島、伊豆半島いずれも暖流の影響で暖かい。椰子《やし》などの南方植物も流れ着き亜熱帯の景色を作り上げている。

半島を北から南に向かう、ところどころに真黄色《まっきいろ》の菜の花畠が目に飛び込んでくる。その真黄色が、徐々に増えて一面を覆い尽くす景色となる。車を停めて、菜の花畠に遊ぶ。陽は大きく傾き、なだらかな西の山に近づいている。晴れ渡った青空は、白へとグラデーションをなして山の端に霞んで行く。真黄色に埋もれて「菜の花畠に 入日薄れ 見わたす山の端 霞ふかし」。

日本の原風景は、日本の歌に映されて、初めて訪れたところにも既視感がある。小学校唱歌での耳の記憶は、私を小学生の頃に連れて行く。あの頃の早春は、真黄色な風景だった。

二月十日

海椿

椿は、ツバとキに別れ、ツバは唇の意味、キは木である。椿の花が唇に喩えられた。椿は漢字（中国渡来の字）ではなく、日本で作られた和字である。木偏に春の字を当て、春の代表と決めた古代人の想いにひたすら共感する。

学長を務めていた名古屋造形大学の学長室の窓辺には、私の願いで五種の椿が植えられていた。「曙《あけぼの》」「春曙紅《しゅんしょっこう》」など見事なもので、毎年春の訪れが楽しみであった。

子供の頃は、山に囲まれた盆地で育ち、鎮守様の杜には無数の薮椿が咲いていた。薮椿の花の色はどの花も皆変わらぬ紅色で、鎮守様を燃やすように咲かせている杜に入ると、ボタッ、ボタッと首ごと落ちる花が恐ろしく美しかったことを憶えている。真黄色《まっきいろ》の蕊《しべ》が、私の方をじっと見つめていた。

南の島や岬には、海に向かって咲く椿が群生しているという、明るくて恋する乙女のような海椿を見てみたい。

二月十五日

沈丁花《じんちょうげ》密か

同じ年の路子さんは、村では何番目かというお屋敷の家のお嬢さんだった。路子さんは、いつもきちんとした洋服で、勉強もよくできた。えらそうにしているという風ではなかったが、貧しい家の私には近寄りがたい雰囲気があった。友達になりたいという思いもなかった。ところが小学校四年のとき、二人が学級委員になった。男女一名ずつが選ばれるという規則である。小学生の委員なんて名ばかりで大した仕事もなかったが二人で決めなければならないことがちょくちょくあって、路子さんのことを好ましく思うようになっていった。学年が終わりに近づいた二月になると、仲良しな二人としてはやし立てるものもいた。

村の真ん中にあった路子さんの家には、通りに面して沈丁花が植えられており、通る度に甘い香りがやってきて、私の切ない気持ちと重なり合った。通りすがりに、路子さんが家から出て来るのではないかと、そうなったらどうしようとドキドキしたが、一度もなかった。

あれから五十数年が過ぎた。沈丁花の花の香りは、今も私を切なさから解き放ってはくれない。

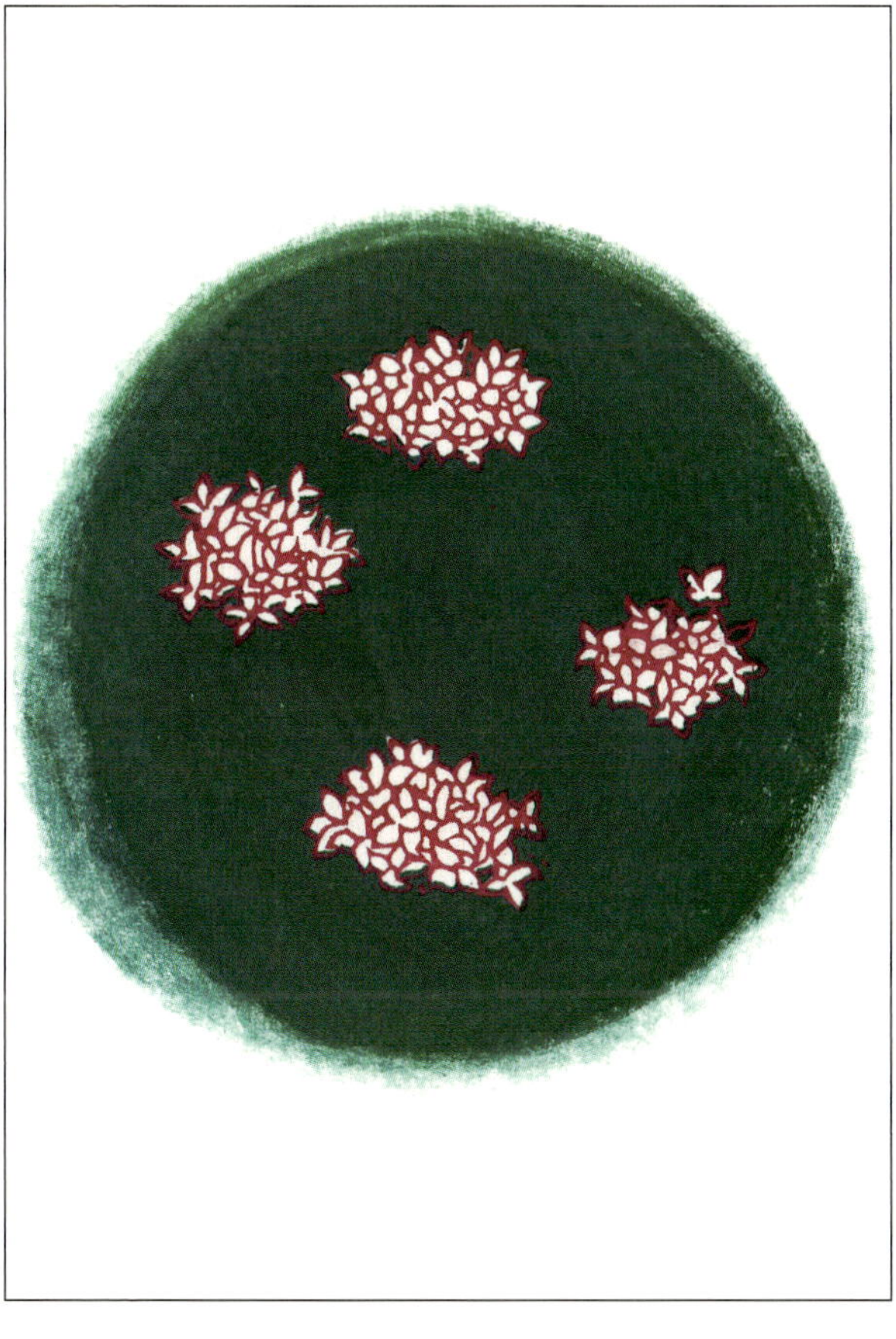

二月十八日

馬酔木《あせび》小雨

「馬が酔う木」という意味の馬酔木、知ったのは高校一年の国語の教科書。「あせび」という不思議な読み方と愛らしい花の姿には、文学的にも心をそそられるに違いない。万葉集にも詠われている。なお「あしび」の別名もある。

高校一年も終わる頃、所属していた生物部数人で鈴鹿の山をハイキングした。あいにくの小雨で寒く、頂上は煙っていたので、無理をせずにほどほどのところで回り道をして下山することになった。冬枯れの景色の中、ところどころに常緑樹が生命を漲らせている。その中の小さな一本に白い小さな花をたくさん咲かせている木に出会った。すぐ馬酔木と知ったが、なるほど馬を繋いでおきたくなりそうな木である。小雨宿りにもありがたい樹形であった。仲間と草木の名前を言い合って、楽しい生物学ハイキングを終えた。

秋の花、萩の種で「駒繋《こまつなぎ》」というのがある。馬を繋いでおいても絶対折れず引き抜けることもない。馬を繋いではいけない春の木と馬を繋ぐに好都合の秋の木、暮らしが植物と密接であったことが、付けられた名前で知ることができる。

二月十九日

竜の髭《ひげ》竜の眼

竜頭《りゅうず》、竜舌蘭《りゅうぜつらん》、地龍《みみず》、竜巻《たつまき》、滝《たき》、籠《かご》、竜胆《りんどう》、竜《たつ》の落し子。架空の動物である竜であるが、私たちの周りには多くの竜がいる。誰も見たことがない竜を多くのものに喩え、竜を形づくっている。怪しいもの、不可解なもの、不安なもの、理解を超えるもの、神々しいもの、それらを一心に集めて竜は創造されていく。

竜の髭は、庭園や街路樹の周辺に植えられ、どこでも見かけることのできる株である。丈夫な植物で、踏みつけても枯れることはなく、多くの人たちの意識にのぼることもない。佇んでその竜の髭を分け入って見る、美しい蒼い実が輝いている。それはまるで竜の眼のように鋭く、美しく、怪しい。竜の髭は、蛇《じゃ》の髭とも呼ぶが蛇に髭はない。竜の眼は、竜の玉と呼ばれるが、私は髭の奥に輝いているものはやはり眼であると思う。

子どもの頃、竹鉄砲の弾にこの竜の眼を使った。残念ながら一株に数個の眼はあっというまになくなり、勇ましい竜の眼を打つ鉄砲ではなくなった。空気を圧縮させてパンッという痛快な音は、少年時代の向こうに消えた。

二月二十三日

猫柳《ねこやなぎ》河原

ふるさとの村には、真ん中をゆったりとうねりながら川が流れていた。鮎をはじめ多くの種類の淡水魚が捕れて、子どもたちの人気の遊び場でもあった。うねりでできた浅瀬と深みは、それぞれ異なる生態系をなしている。深みには鯉や鮒、鯰《なまず》など大物、浅瀬には鮠《はや》、鯏《うぐい》、目だかがいて、飴坊《あめんぼ》が行き来している。深みの上には水面に影を作るように大きな樹が繁り、水温も低い。

浅瀬で砂や泥を確保したところには、流れ着いたであろうあらゆる植物が繁茂している。私はこの河原で遊ぶのが好きだった。水澄《みずすま》しや源五郎の水棲《すいせい》昆虫、蛙、蛇、蜥蜴《とかげ》の両生類や爬虫類、蝶、蛾《が》、蜻蛉《とんぼ》の昆虫類、まさに生態系が宇宙を成していた。

秋の嵐の洪水で、泥に埋もれてしまった河原は、笹がしぶとく生き残り、やがて芒《すすき》が復活して来る。冬はそのまま静まり返り、春を待つ。

色が失われた河原を歩いてみると、あちこち猫柳が温かい花を付けている。触ってみれば心地よく、なるほど猫だ。冷たい風の中で、ポケットに入れた猫柳の花がもそもそと蠢《うごめ》いた。

二月二十五日

片栗《かたくり》ぐるぐる

子どものとき、風邪をひくと必ず母が作ってくれたのが、カタクリ。ご飯じゃわんにかたくりと砂糖を入れて、やかんから熱湯を注いで箸でぐるぐる「はい食べなさい、あったまるよ」、我が家には、匙《さじ》という上品なものはなく、輝きを失った小さなスプーンも二本しかなかった。子どもの舌には、とんでもなく熱くって普通は火傷を心配するのだが、我が家はお箸でカタクリを食べるので、僅かしかお箸に絡まらない、口に運ぶ頃は、ほどよく冷めている。

貧しい暮らしの中で、カタクリも砂糖も貴重であったため、お箸は母の知恵だったのかも知れない。たっぷり食べたいと思ったが、カタクリは少しだけ食べるものだと教えられた。

片栗という植物があって、もともとカタクリは、この植物の根っこで作られたものだということを大人になって知った。子どもの頃食べたカタクリは、ジャガイモでつくったもので、名前だけ本来のものが残った。

さらに歳を重ねてから片栗の花に出会った。森の中で妖精のように咲いていた。そのやさしさは、子どもの頃母が作ってくれたカタクリにどこか遠くで繋がっているような気がした。

二月二十七日

早春雪柳《ゆきやなぎ》

同級生で幼なじみの良っちゃんの家は、五軒となりで村の中でもちょっと垢抜けのした佇まいだった。村の殆どが農家ばかりの中でお父さんは会社員、お母さんは中学校の先生だった。きれいなお母さんで、少し親しみにくかったが、洋菓子をおやつに出してくれたり、お昼ご飯にスパゲッティをごちそうになったりした。生まれて初めてのスパゲッティだった。良っちゃんのお母さんは、休日になると家の庭の手入れに余念がなかった。田畑に出かけてもんぺ姿で働いている私の母とは異なり、スカートに白いエプロンをして、雑草を取り、竹箒で掃除をしている姿が印象深かった。

花畑にはたくさんの種類の花があり、花の大好きな私は名前をたくさん教えてもらった。金魚草、一初《いちはつ》、黄水仙《きずいせん》、白鳥花《はくちょうげ》、カンナ。良っちゃんよりも詳しくなった。大きな花畑はどんどん種類が増えていき、いつも知らない花があった。二月の終わり頃、庭石が数個積み上げられた隙間に、雪かと思った花があった。「雪柳」と教えられとても納得した。そしてやっぱり知らなかった良っちゃんに得意になって教えている私だった。

二月二十八日

大犬《おおいぬ》の陰嚢《ふぐり》の土手

祖父は、厳格な人であった。家長制度を生き抜いた明治の苦労人の典型であったと思う。長男直系の旧家である我が家は、次男の立場が長男とは大きく異なっていた。村のほとんどがそういうしきたりだった。次男は田別《たわ》け者で、村から出て行く者として育てられた。次男坊の私は厳しい祖父に叱られることが多く、祖父が大嫌いだった。叱られた時は、べそをかいていつも家を出た。田んぼの土手をいつまでも歩いた。春、夏、秋、冬、いつも田んぼの土手はいろんな草花が咲いていて、私を慰めてくれた。

二月の土手は、枯れ草で覆われた明るい景色。ところどころに数日前の雪が残っていて、冬の陽に輝いている。よく見ると、枯れ草に混じって早くも若草の萌も見られる。早春は土の中からやって来る。その中にあって、大犬の陰嚢は早くも小さな水色の花を咲かせている。叱られた私に妖精のように語りかけてくれた。

大犬の陰嚢は、別名を瑠璃唐草《るりからくさ》、天神唐草《てんじんからくさ》、星の瞳という。私にとっては、星の瞳という可愛い名前として、今も呼びかけている。

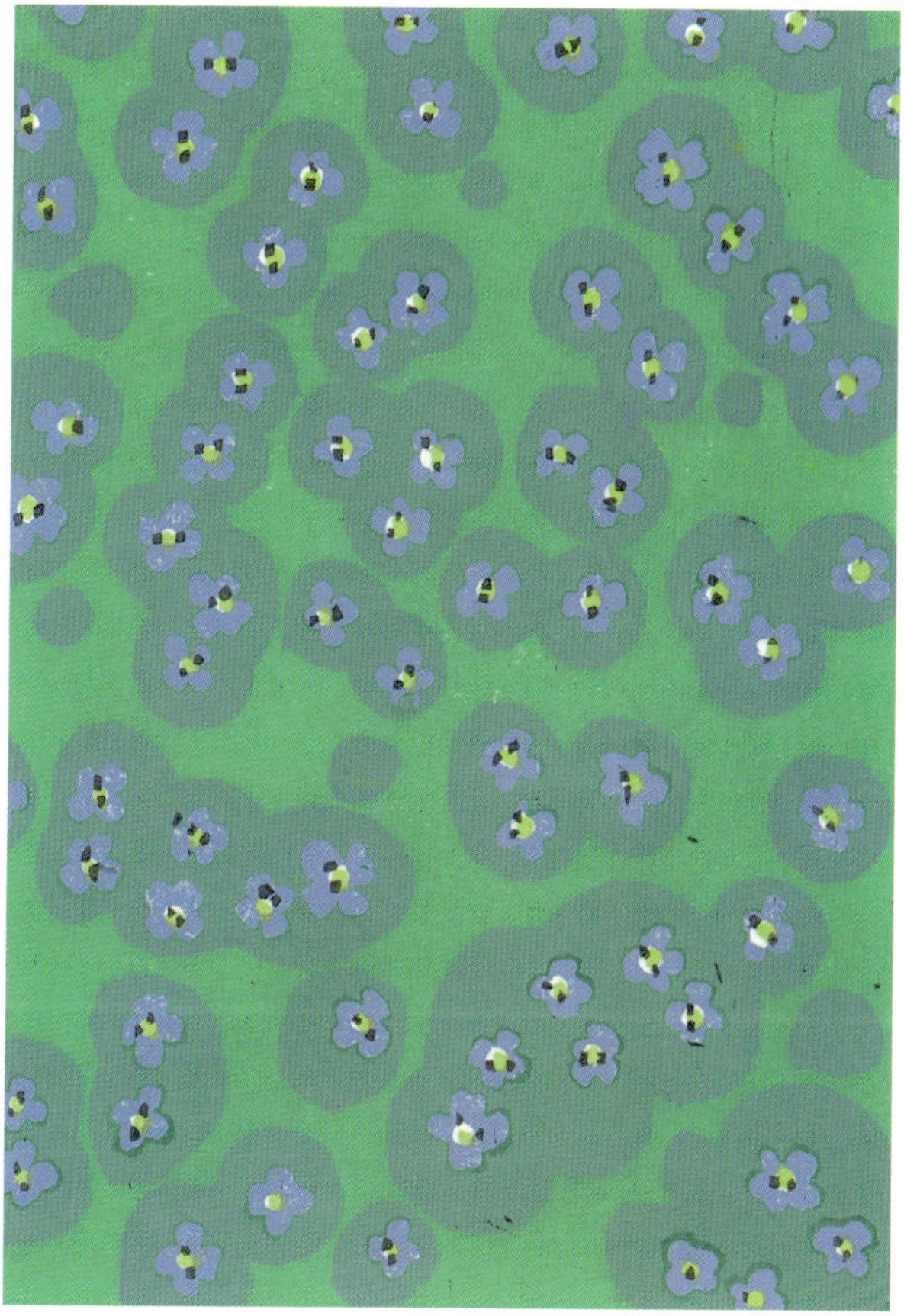

三月一日

早春浅黄水仙《あさぎすいせん》

バスを利用することがおっくうなことは、多くの人の共通の気持ちに違いない。バスの到着時刻は曖昧であり、定刻前にバス停に着いても、それからバスが遅れて十分待つことも珍しいことではない。何度もバスの来る方向を見ても、なかなかバスの姿が現われない。やっと遠くに見つけても、途中の信号で休み休みやって来る。その上冬は寒く夏は暑い、雨の日は待っているときも乗るときも傘に気を遣う。

だが大好きなバス停がある。大きな花屋さんの前にあるバス停で、地下鉄からの乗り換えでよく利用する。早くバス停に着けば、花時間を楽しむことができる。少しの時間でも寒さ暑さを避けて花の香りに包まれて待つことができる。

早春の頃は、フリージアの甘い香りが店内をいっぱいにして迎えてくれる。ついつい嬉しくて二、三本求めてバスに乗る。わずかのフリージアでも甘い香りはバス内に広がって、乗客の心をなごませていく。

フリージアの和名は浅黄水仙、やさしい黄色は早春の色。

三月三日

桃は桃色

四十八茶百鼠（しじゅうはっちゃひゃくねずみ、ねずとも読む）という言葉がある。茶色と鼠色に沢山の色があることの言い回し。利休鼠《りきゅうねずみ》、薄雲鼠《うすくもねず》、深川鼠《ふかがわねず》、梅幸茶《ばいこうちゃ》、鶯茶《うぐいすちゃ》、なんて美しい響きだろう。江戸幕府の奢侈禁止令《しゃしきんしれい》により、華美な装いを戒められた庶民が禁制ではない茶、鼠と呼ぶ色を増やした結果である。

色に名前を付けて身近なものにする。とりわけ日本人は、植物の名前に喩える、農耕民族であることの一つの証である。茶色のほかに、菫色《すみれいろ》、山吹色《やまぶきいろ》、橙色《だいだいいろ》、柿色、杏色《あんずいろ》、常磐《ときわ》緑《みどり》、藤色、牡丹色《ぼたんいろ》、萌葱色《もえぎいろ》…、そのほか若草色、若葉色、朽葉色《くちばいろ》など総称としての喩えもあるが、数え上げたらきりがない。

勤務していた大学がある小牧市大草は、桃の生産地として名高い。三月になると桃の花が咲き、あたり一面が桃色に塗り込められたように風景が変わる。少し遅れて桜が咲き始めて、桜もまた満開になる。通勤路の左手は桃畑、右手は満開の桜、それは桃源郷に桜という高揚する景色である。桃は桃色、桜は桜色。

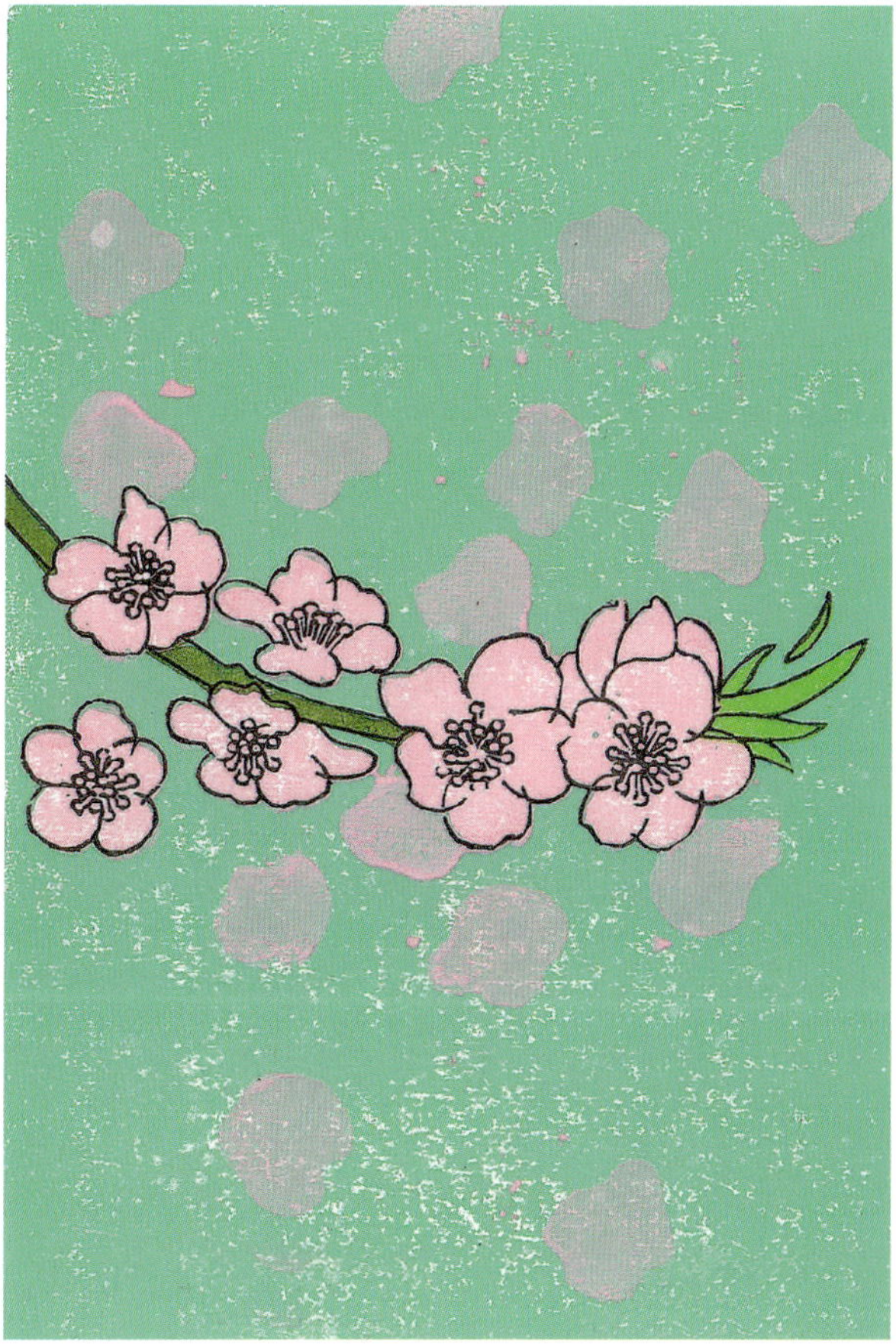

三月七日

春蘭《しゅんらん》の風

母の実家は、嫁ぎ先である私の故郷からさらに山奥に入った山村である。母の父、私の祖父は電力会社に勤務していたそうだ。農業と林業が殆どの村にあって、会社員であったわけだ。母の話では「とてもやさしくてかっこ良かった」とのこと。私が生まれる前に漏電事故で亡くなっているので、かっこいい祖父のことは知らない。

母には、兄と二人の弟がいて、一番下の弟が祖父とよく似ているらしい。この叔父さんは、私のことをとても可愛がってくれた。叔父は高校卒業後、大阪の印刷会社に勤めていたが、ハイカラなお菓子をおみやげによく母を訪ねて来た。

山村育ちの叔父は、休日になると山に入ることが大好きで、山栗や通草《あけび》などがみやげになることも度々あった。ある日のみやげは、ちょっと地味な花だった。それが春蘭という名前であることを叔父から教えてもらった。

花好きの母は、とても歓んで鉢植えにして大切に育てていた。早春に花を咲かせても、地味で私にはよく判らなかった。ただ、春風に葉がふわっと大きく揺れて、私の心にそよいできたことを今も憶えている。

三月十六日

青木瑞樹《みずき》

「青木さん」、と思わず声かけてみたくなるような名前。「青木」の青は、青色ではなく緑色を指している。日本の「青い」は、ブルーではない。「青い」「青々とした」は青、緑、黄緑、青緑、ときには紫や青紫まで幅広い。赤、白、黒以外を緩く示す曖昧な色でもある。

青嵐《あおあらし》、青麦、青葉、青蛙、青虫、青田、青柳《あおやぎ》……みな緑色である。青空、青海などは勿論青色で、青春、青年、青雲志などは、「若い」の意味である。

さて青木である。葉も茎も緑色、ただの緑ではない、瑞々しい緑である。枯れ野の冬に、そこだけ春を思わせる瑞々しさに満ちている。赤い実は赤々と艶やかで、緑の葉によって際立っているが、また赤い実が緑の葉を青々と見せてもいるのである。

青木のある庭を通り過ぎようとするとき、赤い実が「ねえ」、と話しかけてくる。赤い実が実る前は、青木の存在もなかなか気づかないものである。

三月二十日

山路菫《すみれ》

小学六年生の遠足は、学校から見える一番高い山、茶臼山《ちゃうすやま》と決まっていた。私の生まれた村は、山々に囲まれた伊賀盆地の最南に位置している。茶臼山は、その中でシンボル的な高い山である。六年生の遠足はそれを制覇するというのが目標である。とは言っても遠足、子どもの私たちは五十円分のお菓子を買い求めワクワクして遠足の日を迎えた。

予想以上に厳しい坂路、春とは言えどまだまだ風は冷たい中で汗だくの山登りであった。頂上は樹々が少なく、日当りが良くてところどころ赤土が剥き出しになっていた。お弁当を広げ、友達と楽しく過ごし、おやつを食べた。チューインガム、キャラメルが主で、チョコレートは、高くて買えなかった。

「さあ、片付けて帰りましょう」、という女の先生のかけ声に、リュックにゴミを集めた。きれいになった山路には、ところどころに小さな花が咲いていることに初めて気づいた。菫の花だ、可愛くて、あまりにも慎ましい。

芭蕉の句「山路来て何やらゆかしすみれ草」を知ったのは高校生になってからである。

三月二十四日

水芭蕉《みずばしょう》の花が

大学に入学して一年がたとうとしている三月、クラス仲間七名と信州の戸隠高原へ旅した。女性四名、男性三名という構成で、意中の蓉子さんも参加していた。修学旅行以外は、家族旅行も経験のないことだったので、私にはすべてが新鮮で驚きの旅だった。蓉子さんと一緒の旅というときめきも携えて。

三月の戸隠高原はまだまだ寒く、見渡す山の頂は雪を被ったままで、高原のあちらこちらにも雪は残っていた。それでも温かい陽射しがつくる小径の周辺は、蒲公英《たんぽぽ》、菫《すみれ》、大犬《おおいぬ》の陰嚢《ふぐり》など春の野花が咲き始めている。

先を歩いていた蓉子さんが、「あっ、水芭蕉の花が咲いている」と指をさした。日だまりの湿地に若く優しい黄緑色に包まれて三つ、四つ水芭蕉が咲き始めていた。蓉子さんの弾けた笑顔が、水芭蕉の花に重なった。

その旅で、クラスの七名はとても仲良くなったけれど、私の意中の蓉子さんは、ずっと意中のままだった。

三月二十七日

白木蓮《はくもくれん》通り

寒い冬から、待ち遠しい春がやって来る。春をいち早く教えてくれるのは花。気温を敏感に受け止めて花を咲かせる。

子どもの頃は田舎に住んでいたので、春の知らせは蒲公英《たんぽぽ》だった。少しあたたかい日があると、ぽっと咲いて、それがどんどん増えて行く。道端が黄色くなる頃にはすっかり春だった。

四十数年名古屋という都市に住んで、野の草花は空き地に見かけるくらいである。今は街路樹や公園の木に咲く花が春の使者である。一番最初に咲くのが白木蓮で、東区の区の花で、街路樹に多く植えられている。白木蓮は葉より先に花を咲かせる。両手に喩えるほどの大きな花でその存在感は見事である。他の街路樹はまだまだ若葉を用意できていないなかで、街のグレイトーンに光を灯して、明るくしていく。

名古屋市東区葵町錦通の一本北の通り、名も無い短い通りであるが、白木蓮の街路樹が連なる春告げ通りである。低い枝を手繰り寄せて花を眺めると、なるほど木に咲く蓮《はす》である。春の日だまりを抱いている。

三月三十日

豌豆《えんどう》の空

「むね畑に行こうかね」、母のさそいに訳も解らずついて出かけた。五歳の三月だと思う、心地よい春の日だった。むね畑は農家である我が家の畑の一つである。それまで近くの畑はどこにあって、葱《ねぎ》、白菜、大根など何が作られているか小さな子どもなりに知っていた。むね畑は行ったことがなかった、遠かったからである。母は何を思って誘ったのか。とぼとぼ母について行く道のりはなかなか長かった。三十分ほど歩いて、途中から緩やかな坂を登り、そのむね畑は丘の上にあった。空に真っ白な雲がぽっかりと浮んでいた。

「えんどうを取るので手伝ってね」。母の前には、竹棒を支えにくるくると絡んでいる植物があって、ピンクの花がいっぱい咲いていた。紋白蝶《もんしろちょう》が飛び交い、青い空に映えて美しかった。「これって花じゃないの」、と問う私に「ほらここにえんどうまめがあるでしょう」、と取って見せた。豌豆は鞘《さや》の中にあって、豆はまるで笹舟に仲良く乗っているように見えた。豌豆取りはとても楽しくて、夢中になってお手伝いした。

母がむね畑に連れて来たかったのは、豌豆取りの楽しさを経験させたかったのか、豌豆の花を見せたかったのか判らない。

四月一日
櫻守《さくらもり》

桜咲くこの時期は、心を波立たせる。多くの始まりと重ね合わせて希望を象徴するかのように桜が咲く。私にとって桜は、西行法師の「願はくは 花のしたにて 春死なん そのきさらぎの 望月《もちづき》の頃」(辻邦生「西行花伝」より)に尽きる。五十を過ぎてから、満開の桜に埋もれるたびに「花のしたにて 春死なん」と歌が繰り返される。

花嵐、花筏《はないかだ》、花の袖《そで》、花軍《はないくさ》、花曇り、花便り、花残り月、花冷え、花田、花見、花と言えば桜のこと、日本人は、みな桜が咲くと浮かれ人になるかのようである。あの淡い桜色の儚さを際立たせているのは、黒々とした老幹《ろうかん》であり、西行法師のこの歌、とりわけ「死」である。西行法師から始まる桜と死は、対になって私たちの心に沁みている。死が背景となって、桜の危うい美しさを彩る。

櫻守とは、桜を守る植木職人のこと、またいとおしく桜をずっと見守り続けていくこと。老木に幹から咲かせる桜を見つけると、この花はこの老木の櫻守のように思える。

四月五日

木蓮《もくれん》の家

高校に入学して、憧れを抱いた真沙子さんは隣のクラスだった。小柄でショートヘアの似合う人だった。登下校や休み時間にすれ違うわずかな時間に心をときめかせていた。

そんな真沙子さんが生物部員だということを知って、夏が近づく頃に生物部に入った。部はいくつかの研究チームに分かれており、真沙子さんが所属している「テントウムシの越冬」チームに参加した。既に、私の淡い恋心は彼女の友だちにも感づかれるようになっていた。

秋のある日、真沙子さんと二人きりになった部室で「明日の土曜日家に遊びに来ない」、突然の誘いに考えが纏まらないまま頷いた。家は商店街にある染物屋さんだった。大きな家で、庭も良く手入れが行き届いていた。歓待のお母様の笑顔がとても嬉しかった。どんな話をしたのか、とにかく幸せな時を夕方まで過ごし、お母様にも挨拶をしておいとました。

なんとなく仲が良いまま、それ以上に親しくなることはなかった。私の積極性が足りなかったのだろう。二年生になってクラスは離れ、真沙子さんは生物部を退部した。会う機会がなくなった。思い切って家の近くに行ってみたが、とても訪れることはできなかった。塀越しにいくつかの庭木が若葉を見せていて、背の高い木蓮の花がそろそろ咲き終えようとしていた。

四月七日

雛芥子《ひなげし》の空き地

二〇二二年、四十年勤めた大学を心身の不調により三月いっぱいで急遽退職した。ハードな学長職にあったので、四月以降のスケジュールもぎっしり組まれていたが、全てキャンセルとなった。ぽっかりと空いた心と体を埋めるように散歩の日々となった。こんなにのんびりと町の景色を見たことがあっただろうか、空も、雲も、街路樹も、道端の草も、愛おしく見えた。

小さな公園のベンチに座っていると、続けていたであろう大学の仕事のことを考えてしまう。それを追い払うように、大好きな植物に目を向ける。都市における厳しい環境が造り出した生態系だろうか。ひときわ豊かなのが空き地だった。散歩の寄り道も、空き地が多くなった。空き地にも空き地年というのがあるような気がする、ゼロ年は殆ど不毛で水たまりが印象的である。二年、五年となると植物たちは我が地を得たりと種《しゅ》を争いながら繁殖を活発にしていく。三年空き地あたりが最も居心地よく私を受け入れてくれた。幾種もの植物が春に花を咲かせながら共存している。小さな雛芥子は、儚《はかな》い朱色の花びらを風に揺らせながら私に微笑みかけてくれる「少し休んでいいんだよ」とつぶやくように。

四月十日

山吹《やまぶき》息吹

子供の頃、初めて山吹色を知った時、「なんて美しい黄色なのだ」という感動とともに記憶に残った。何年かして山吹の花を知った。「あっ、やまぶきいろ」、勿論、山吹の花があって山吹色がある。

山吹は、山目覚め、燃ゆる頃の山の呼吸。力強い黄色は、山の呼吸の力である。この季節、山に踏み入れると、山の息吹の臭いが濃い。坂道を登る鼓動の高鳴りに、山吹の花が鼓舞するように咲いている。美しさを超えて、息苦しい。力が漲っている。

我がベランダに、その山吹がやって来た。プレゼントしてくださったのは、四十年ぶりにお会いした教育実習時代の教え子で、ずっと長く手紙で交流があったみち代さん。当時中学生だったみち代さんは、その後高校大学と私の母校を辿り教員になった。その教員もお母様の介護のため早期退職されていた。四十年の長さを実感しながらの再会は、人生の素晴らしさを味わうものであった。いただいた山吹は、「先生いつまでも元気でいてください」というエールで輝いていた。

四月十三日

咲いた牡丹百合《ぼたんゆり》

ぼくの名前は白チューリップ、こっちが妹の赤チューリップ、そして弟の黄色チューリップ。とても仲良し兄弟なんだ。ぼくたちの住んでいるところは、丘の上にある小さな幼稚園。幼稚園の子どもたちはみんなぼくたちのお友だちだよ。とくに仲良しなのは、年少のはるかちゃん。はるかちゃんは、毎日ぼくたちのいる花壇に遊びに来てくれる。

「おはなちゃん、かわいいね」、まだチューリップって言えないんだ。はるかちゃんは、花壇の前の地面にぼくたちの絵を描いてくれる。いつも大きく描くので、ひとつ描くのがやっと。だからその絵はぼくたちの誰を描いたのかわからない。ぼくも妹も弟もはるかちゃんの絵がだい好きだ。だってとても上手なんだよ。

お部屋からは、はるかちゃんたちの歌が聞こえる、「さいたぁさいたぁ ちゅーうりっぷのはながぁ ならんだぁならんだぁ あかしろきいろ どのはなみてもきれいだなぁ」。ぼくたちはニコニコしながら聞いている。

そうそう牡丹百合は、牧野富太郎というえらい先生が付けてくれた日本の名前、大人っぽくてこっちの名前もお気に入りなんだ。

四月十五日

花梨《かりん》娘

大学は、教育学部で教職免許を取ることは必修だった。そして四年生になると附属中学校に一ヶ月教育実習へ行った。学校の先生になるつもりは全くなく、従って教育実習も頑張るというより、遊び気分いっぱいだった。それが良かったのだろうか、実習校で人気先生になってしまった。朝は、数人の男生徒が下宿に迎えにくる。昼休みは、女生徒も加わって次々と質問の嵐、何でも本音で答えて先生としては型破りだった。放課後は、テニスクラブに加わってクラブ活動で汗を流す。下校時は、テニスクラブの女生徒が集まって、グループ下校。話がつきず途中の公園で陽が落ちるまで話した。いつもちょっと離れてニコニコしながら話を聞いているおとなしい子がいた。名前を杜花梨《もりかりん》と言った。珍しい杜の字に名が花梨、「珍しい名前だね、けれど素敵だね」、「お父さんが付けてくれたの、先生の出た高校で地理を教えているよ」、そういえば高校二年生のときの地理は杜先生だった。

春に花梨の花を探すようになったのは、翌年の春からだった。

四月十八日

みちくさ蓮華草《れんげそう》

新学期、ピカピカのランドセルを背負った小学一年生、私にもまた遠い記憶の中に残っている。小学校は、一年生の足で歩いて四十分ほどだった。上級生に連れられて行く登校は、時間通りであったが、ひとりぼっちで帰る下校時間は、いつも一時間以上かかっていたように思う。昭和三十二年、まだ舗装されていなかった学校への道はでこぼこで、車もめったに通ることはなかった。道端はずうっと野の草花が続いていた、道に沿って小川が流れており、ところどころに田んぼに水を入れる水車が回っている。水車には水を汲み上げるための空き缶が取り付けられていて、春の陽に空き缶が輝いていた。

突然開けるように蓮華草畑が広がる。蒲公英《たんぽぽ》を持ったまま蓮華草畑に駆け出す。赤紫の花の色は、切ないばかりの甘い香り。向こうの方はもっと花の色が濃く見える。さらに向こうに駆け出した。一年生の足は、蓮華草に絡められて転んでしまう。ランドセルのフックが外れて教科書やノートが飛び出した。蓮華草畑に仰向けになった、とても気持ちよかった。大きな大きな空が広がっていた。

四月二十日

茱萸《ぐみ》想春

幼なじみの女の子の家には、小さな池があり、その池に被さるように小さな茱萸の木があった。茱萸の木には、春がゆっくりと過ぎる頃、小さな赤い実が成る。

「遊びにおいで」と声をかけられて、恥ずかしい気持ちを抑えて訪れた。お手玉やおハジキなど女の子の遊びを夢中になって楽しんだ。

日が暮れそうになって帰ろうとすると、その子は池のそばに近づいて器用に茱萸の小枝を手折った。「これ、また遊びに来てね」、と言っておみやげに持たせてくれた。恥ずかしさで胸をいっぱいにして、たそがれの中を茱萸の実を食べながら帰った。

それ以来、一度も遊びに行くことができなかった。その子への想いと茱萸の甘酸っぱい味が重なって、顔も見ることができなくなってしまった。

彼女の家には、今も小さな池があるのだろうか。茱萸は、大きくなって今も甘酸っぱい赤い実を成らせているのだろうか。でも女の子は、今もお手玉やおハジキで遊んでいるような気がする。

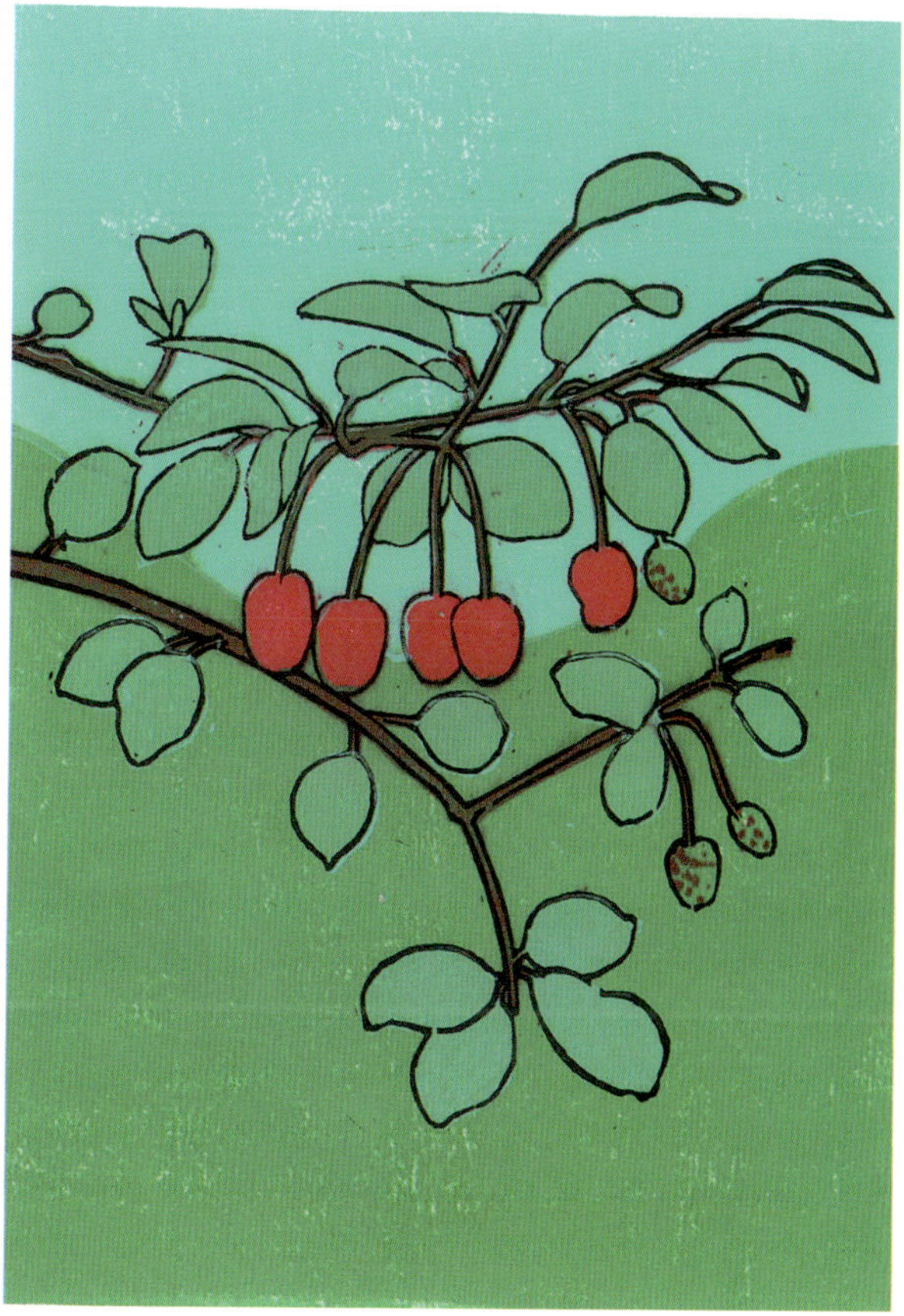

四月二十六日

躑躅《つつじ》目眩《めまい》

躑躅という花の名前も知らない小さな頃、我が家と隣の家の間に大きな躑躅の木があった。とてもよく剪定されていて、まるで巨大な球体のようだった。

四月の終わり頃になると、いっせいに朱色の花を咲かせ、まるで燃えているようで、なぜかとても恐かった。それでも躑躅の蜜の甘さに誘われるように近づき、なぜか木の下に潜り込んだ。中は真っ暗だった。あんなに炎のように咲いているのに、木の中は鎮まりかえり、土の匂いだけが充満していた。不思議に居心地が良くて、いつのまにか眠りに落ちた。どれほどたっただろう、躑躅の中は、枝ばかりが迷路のように入り組んでいる。私はジャングル迷路を猿のようにあっちに飛びついたり、戻ったりと楽しく遊んでいる。

夢をみていたのだろうか。気がつけば出口が見つからない。泣きそうな気持ちを必死にこらえて裾から這い出した。日は暮れかけて薄暗くなっている。それでも躑躅は燃えていた。

躑躅という字を観ていると、あまりに複雑で、くらくらと目眩がする。

五月一日

牡丹《ぼたん》夢想

花には取り合わせというものがある。「梅に鶯」、「卯《う》の花に不如帰《ほととぎす》」、「松に鶴」…互いに似合いで調和が取れて絵になること。主客を逆にすると「不如帰に卯の花」、「鶴に松」となる。さて花の王たる牡丹である。取り合わせと言っても、牡丹の引き立て役を担うものとなる。花札の牡丹には蝶が舞い、牡丹を愛で引立てている。

「唐獅子《からじし》牡丹」という勇壮なものがある。百獣に君臨する王としての獅子と花の王牡丹の取り合わせは、いかにも豪勢で、どちらを主客とするか難しいところである。ところが獅子にも一つだけ恐れるものがあって、それは獅子の体毛に発生し、増殖し、やがて皮を破り肉に食らいつく害虫である。しかし、この害虫は牡丹の花から滴り落ちる夜露にあたると死んでしまう。そこで獅子は夜になると牡丹の花の下で休み、安住の地を得ることになる。これが唐獅子と牡丹の取り合わせの寓話である。

見事な牡丹を見るたびに、夜には唐獅子がやって来て、この牡丹の下で休む姿を夢想する。

五月五日

若菖蒲《しょうぶ》

花が似合うのは、女性。しかし男性にも似合う花がある。少年時代における菖蒲である。こどもの日の祝いの花であるが、花菖蒲ではなく、野生の菖蒲で花は小さい方が良い。菖蒲が尚武に通ずるところから男子の節句の花とされた。

私の田舎の男子の節句は、鯉のぼりを立て、屋根に菖蒲と蓬《よもぎ》の葉を飾った。古くからの慣習で、男の子がいることの家の自慢であったように思う。しかし、鯉のぼりは長男のもので、つまり兄のもの、次男の私はあまり鯉のぼりを誇らしく思ったことはなかった。憶えているのは、カラカラとなる矢車の音が青空に響いていたことである。

菖蒲の葉の形が剣に似て、菖蒲刀ともいう。ここにも少年の志が見える。昔、赤胴鈴之助という少年剣士の漫画があったが、美少年が主人公であった。

少年剣士に似合うのは若菖蒲、花の色が青紫というのもまた凛と潔い。華のある少年の頃は一瞬で過ぎて行く。

五月七日

著莪《しゃが》黒塀

「黒塀の下《もと》より著莪の咲きほらり」高校二年生のときに初めて作った俳句である。一年生のとき文学に目覚め、二年生で殆ど女子ばかりの文芸部に入った。文芸部は同人誌「青桐《あおぎり》」を発行していて、小説や詩を投稿していた。俳句はそんな中で出合った世界で、端《はな》からその魅力に嵌《はま》った。といってもなかなか良い句は作れず、作った句は殆どどこかに失せている。

この著莪の句だけが記憶に残っている。通学の途中の黒塀で囲まれたお屋敷は、普段気に留めることもなかったのだが、ある朝一本の著莪が塀の外に、ホラっとはみ出して咲いていた。しかし、花の名前が判らず菖蒲《あやめ》のようだと思いながら図鑑で調べた、シャガとあった。植物図鑑では漢字が表記されていない。今度は国語辞典、それで著莪の字と出合う。なんとかっこいい字だろうと思った。植物なので草冠が付く、そして者と我、潔い武士のような字面と音。黒塀に初めて知る美しい花と、その名前が互いに強く響き合って記憶に刻まれたに違いない。

あれから、半世紀が過ぎた。俳句はやっぱり大好きで今も折々に作ってはいるが、相変わらず良い句はできないでいる。

五月十日

藤ゆれる

「先生、卒業したら私結婚します」、ひびきさんは、恥ずかしそうに笑顔で話してくれた。「結婚式に出席していただけますか」、突然の報告に驚きと寂しさが入り交じった。短大で教員をやっていた頃は、結婚式に招かれることは度々であったが、卒業したらすぐというのは珍しいことだった。ひびきさんは、家がたばこ屋で「ひびき」という銘柄のたばこが発売された年に生まれたとのことである。いつも明るい、私の大好きな女子学生だった。

結婚式は五月のはじめ、半島の先にある小さな教会で行われた。教会に続く小径は見事な藤棚が連なり、薄紫の花が揺れていた。「先生、ありがとうございます」、ひびきさんは最高の微笑みで、海からの風に真っ白なウエディングドレスを揺らせていた。

毎年届く年賀状には、ひびきさんの幸せな小さな日常が綴られていて、ウエディングドレス姿を思い出させてくれた。

結婚式から八年目の暮れ、一通の喪中お知らせが届いた。ひびきさんのご主人からのもので、「妻は今年の春、永遠の眠りにつきました」。三十にも届かない花のような命だった。

五月十二日

そっと母子草《ははこぐさ》

我がベランダのプランター二箱は、空き畑のように自由に使っている。いつも新鮮な薬味のために隅っこには葱《ねぎ》、果物の実生《みしょう》を楽しむために種を植えたり、いただいた生花の椿が愛おしくて挿し木をしたり、風や鳥が種を運んできたりする。たんぽぽ、菫《すみれ》、露草《つゆくさ》、はこべ、どくだみ、なずな、いつのまにか小さな野のようになっている。

春になるとそれらが勝手に大合唱をはじめ大きくなる、そして競って花を咲かせる。その中にそっと咲いているのが母子草。触れてみるとその優しい柔らかさが、幼子《おさなご》を慈しみながら抱く母のようだ。母子草に目をとめる頃、母の日が近いことに気づく。

亡くなる最後の十数年を、ふるさとの施設で暮らしていた母のことを思う。認知症になって私のことも判らなくなっていた。花が大好きな母、施設でも花といっしょだっただろうか。プランターの大合唱は、残すものと除くものに分けて手を入れていく。そっと残した母子草は、春の陽のやさしさに包まれている。

五月十四日

占い木春菊《もくしゅんぎく》

新学期が始まってまもなくの中学三年生の春、四クラスの再編成にようやく慣れて来て、休み時間の教室も和んだ空気が流れている。仲良しのガールフレンドとも同じクラスになれた私は、毎日が楽しくて青春という言葉に輝いていた。

ある日の放課後、女生徒たちは肩を寄せ合い固い輪を作っていた。ひそひそと話し声が聞こえていたかと思うと「キャーっ」と歓声が上がる、とても仲間に入れてもらえそうにない。少し離れた自分の席で聞き耳を立て、盗み見していた。

彼女たちの真ん中にあったのは数本のマーガレットの花、女生徒たちは「好き」、「嫌い」を繰り返しながら花びらを一枚ずつ取って行く。それが恋占いであることを後でガールフレンドから教えてもらった。白い花びらと黄色い蕊《しべ》、清純でかわいいマーガレットは少女たちの手にとてもよく似合う。枚数の決まっていない、それでいて多すぎない花びらの数は恋占いのためにあるような花だ。北欧のお城の庭に咲いていそうなマーガレットの名もロマンチックで、木春菊という和名が広がらなかったこともやむなしである。

五月十七日

鉄線《てっせん》走る

美しい緑の葉に映える青紫の大きな花、初めて見たときからその印象は鮮烈だった。テッセンという日本の花の名前には珍しいシャープな響き、そして華麗な姿とはほど遠い厳《いか》つい字面。

花の名前は、一般に最も特徴的な花の姿から付けられる、青木のように葉に因んで付けられるものもたまにある。しかし、鉄線は蔓から付けられた珍しい例である。それほど鉄線の蔓は存在感に溢れている。「蔓が鉄線のように強い」からこの名前が付けられている。もっとも、五月、勢い良く蔓を伸ばす頃は、青々とやさしく、無理な形成に収めようとしたら、か弱く折れてしまう、鉄線と言う名にはほど遠い。

鉄線の名前に気の毒に思ったのか、鉄線花とも呼ぶ。鉄線の仲間にクレマチスと風車《かざぐるま》がある。風車も素敵な名前だが、シャープで鋭い鉄線という名前が好きである。

五月の風に吹かれて、マラソンランナーのように鉄線は走る。

五月十九日

苧環《おだまき》の想い

名古屋を発って、車は伊吹《いぶき》山麓に向けて走っていた。助手席の朋子はずっと黙ったまま行き過ぎる春の景色を眺めている。

朋子から電話があったのは一週間前、「圭介が持病の喘息が良くなくって会社を辞め実家に帰ったのよ、お見舞いに行こうよ」。大学の小さな文芸サークルでは、同学年で三人だけという仲間だったので、同人誌を編集する作業のたびによく集まってコーヒーを飲んだ。知的でいつも静か、話すとき美しい歯が魅力的な朋子のことを、「好きなんだ」と圭介は私に告げた。朋子はいつも二人に対して等距離を保っていた。その距離は卒業して一年が過ぎても保たれていた。

二時間ほどのドライブで圭介の実家のある揖斐川町に着いた。のんびりと民家が点在し、時がゆっくりと流れていた。家を囲むように薄紫の花が一面に咲いていた。圭介は私たちを嬉しそうに迎えてくれた。近況を報告し合うだけの淡々とした時間が過ぎておいとまをした。なんだか空しさが残った。薄紫の花を見て朋子は「苧環ね、春なのに淋しい花ね」と呟いた。それから三人は、互いに遠くなっていった。

五月二十日

杜若《かきつばた》強く美しく

大きな痛みを心に抱えることになった。浅い眠りから目覚めたときから、心の痛みのことばかり考え続けてしまう。何をやっていてもそのことが追いかけてきて、私を離してくれない。夜になって酒の力を借りても、泥酔に近い状況にならないと脳の占領を止めない。そんな日が続いて、鬱状態が危ぶまれる状況となった。どうすれば逃れることができるのか、読書、映画、一時的な解放感はあるものの直ぐに状況は元に戻ってしまう。そんな日、絵を描いて欲しいという依頼があった。依頼主が住む知立の無量寿寺《むりょうじゅじ》杜若園の杜若の絵が欲しいという。

重い心のまま、スケッチブックを抱えて出かけた。平日であったが観光客で賑やかだ。一本の端正な杜若を見つけ腰を下ろした。薄曇りからの陽射しが心地良い、微風で花が少し揺れる。ただひたすら杜若を見つめ鉛筆を走らせた、美しい。二枚三枚と描いていく、夢中になった。気付けば太陽は大きく傾いていた。没頭のスケッチは帰り路の心を軽くしてくれた。その夜は、杜若のスケッチ画を肴に酒を呑んだ。久しぶりに心地良い酔いだった。そして深い眠りに落ちることができた。

五月二十四日

鈴蘭《すずらん》少女

女の子の遊びが大好きだった私は、一つ年上の近所の幼なじみさっちゃんの家によく遊びに行った。おはじき、お手玉が得意な私はよく誘われてもいた。さっちゃんの家はお金持ちで、大きな家だったし、玩具や本もたくさんあった。それらすべてが女の子向けのもので、赤色、桃色、橙色《だいだいいろ》、水色が綾取りのように散らばり、重なり合っていた。本の中に「少女フレンド」があって、さっちゃんが読んだ後、借りるのが楽しみであった。週刊漫画雑誌であるが、少女の好きなグラビアページもあって、私をドキドキさせた。あるとき開いたページに「スズラン少女」というタイトルがあって、鈴蘭の花の薫りを嗅ぐ、美しい少女の写真が掲載されていた。私は美しい少女とともに、可愛い鈴蘭の花に目を奪われた。しなやかな曲線を見せる平行葉脈、真っ白で小さな鐘のような花が並んでいる。花屋のない私の村では、鈴蘭を見たことはなかった。

鈴蘭を見るたびに、一つ年上のかわいいさっちゃんのことを思い出す。さっちゃんのこと、大好きだったことも。けれどもさっちゃんは幸子か、佐知子であったかわからない。

五月二十六日

角芽《つのめ》芍薬《しゃくやく》

昭和三十年頃、ふるさとの村は殆どが農家で見渡す限りの田んぼと所どころの畑、田んぼに水を引くための小川、遠くには穏やかな山々が連なっていた。

まだ寒い三月のはじめ、私は畑仕事の母に連れられて遊んでいた。畑の隅に深紅の角が数本、土から突き出していた。恐怖と好奇心にかられ、黙々と鍬《くわ》を動かしていた母に「これなあに」と大きな声で尋ねた。やって来た母は「芍薬の芽だよ」、「しゃくやくって何なの」、まだ五歳の私には、動物が隠れているようにも見えて、植物であることさえ解らなかった。

それから畑に出かけると芍薬を観察することが、私の楽しい遊びになった。やがて葉を広げ、深紅色も少しずつ緑を帯びてどんどん大きくなっていった。やがて自分と同じくらいの背丈になると、丸い丸い球体の蕾を付けた。何匹もの蟻が球体を這いずり回っていた。田んぼに水が張られ田植えが始まる頃、薄紅の大きな花が咲いた。母に「しゃくやくが咲いたよ」と報告した。その日も畑で草取りをしていた母は、私の報告に初めて気がついたようにそばにやって来て「まあ、きれいだね、きれいだね」、とても嬉しそうだった。母の微笑みは、芍薬の花のようにとても明るかった。

五月二十九日

蒼梅《あおうめ》小雨

私が通っていた小学校には小使いさんがいた。小使いさん(現在では学校用務員)の家は小学校の敷地にあって、校舎に寄り添うように建てられた小さな家だった。

その小使いさんは高齢で、小使いさん夫婦と小学生の女の子という家族だった。女の子は当然同じ小学校に通っていて、私の二つ下だったが、なぜかいつもひとりぼっちで遊んでいた。小使いさんはいつも忙しそうで、小さな家の戸は開け放たれていた。登校のとき、つい家の中を覗いてしまうのだが、薄暗い家の中はよく見えなかった。しかし何故だか見てはいけないものを見たような後ろめたい気分になった。

その小使いさんちの隣に、古い梅の木があって、五月になると美しい梅の実が成る。曇りの日も、小雨の日も、薄暗いその一角が青く明るく照らされているように見えた。

六年生になったとき、小使いさん家族はどこかへ引っ越してしまった。小さな空家の隣で、古い梅の木が青い実を付け始めた。小使いさんの空家にも、蒼梅にも小雨が降っていた。

六月一日
紫陽花《あじさい》記念日

花好きの少年であった私が最初に「この花が一番好き」と思ったのが紫陽花。その紫陽花の色の美しさに夢のようだと感じた。紫陽花の花が水色から少しずつ変わっていくという不思議さは、少年の心をときめかす怪しい誘いがあった。

「あじさい」を「紫陽花」と書くと知ったときも、これ以上の字はないと驚き感動した。以来、花の漢字が発音とは異なることを楽しく受け止められるようになった。

好きな花がたくさんあって、「一番好き」を決める必要がどこにあったのか、よく思い出すことができない。どこかで見かけた紫陽花の絵だったかも知れないし、紫陽花の描かれた切手のデザインが気に入っていたような気もする。

私の誕生日が六月一日で、その季節にふさわしい花として勲章のように考えた気もする。紫陽花記念日は、大好きな紫陽花を讃えたくて名付けてみた。そして六月一日がその日と勝手に決めた。今年も我がベランダで、紫陽花の花が咲き始めた。

六月六日

遠い薊《あざみ》

小学生の二年生頃までは、二キロほどの学校からの帰りがとても楽しかった。通学路は、幅三ないし四メートルほどで、その路に沿って幅二メートルほどの小川が流れている。それ以外はすべて田畑で、それらを縫うように草花が茂っていた。

一番の楽しみは、草花を採ってそれで遊ぶこと。草花遊びは、花ごと草ごとにあった、また食べることのできる草もよく知っていた。その季節で最初に咲いた花を見つけたときは心を踊らせて、摘んで帰り空き瓶に生けた。

梅雨になると、傘で手がふさがる。それで水たまりを飛び越えたり、じゃぶじゃぶ入ったりの遊びになる。そんな日、路から遠く離れたところに美しい赤紫の薊を見つけた。どうしても採りたくて何度も頑張ったけれど、柔らかな畦道で踏み込みにくく、やっと届いても鋭い葉の棘が痛くて諦めざるを得なかった。今も時折見かける薊は、遠いままである。

ところで薊の字になぜ魚がはいっているのか、これは魚の骨を表していて、棘のことである。刂《りっとう》は刀で、刀のように手を傷つける草という意味である。

六月九日

擬宝珠《ぎぼうし》嫁入り

名古屋市東区の武平町に、あの大戦火から焼け残った一角がある。終戦から数十年、木造建物もやがてビルに変わり、今では僅か数軒を残すのみである。その一軒は大ヒットテレビドラマ「名古屋嫁入り物語」のロケに使われ、黒塀に囲まれた庭から見越の松が覗く様は、名古屋の旧家とはこういうものかと思った。

ある日、その旧家が取り壊され始めた。幸い全戸取り壊しではなく、黒塀と庭を無くし駐車場にするということだった。黒塀を取り除いた庭は、さすがに立派であったが、無惨に切られた松は痛々しかった。

片隅には、擬宝珠が群れをなして植えられていた。思わず「これも捨てるのですか、でしたらいただけますでしょうか」、と工事の方に訊ねた。笑顔で「もって行きな」とスコップで二株掘ってくれた。擬宝珠もなんだか嬉しそうに見えた。

あれから二十五年、初夏になると茎を空に伸ばし、薄紫の花を列をなして咲かせる擬宝珠、我が家のベランダが嫁入り先である。

六月十日

十字十薬《じゅうやく》

田んぼと畑ばかりだったふるさとは、いたるところに草が生えている。田畑に生えるのが雑草で、それ以外は草。何という名前の草なのか、子どもの私は家族に訊いて、ひとつひとつ覚えていった。

どくだみのことは、祖母が「じんやく」と呼んでいて、そう覚えた。小学生用植物図鑑を買ってもらって、それが「どくだみ」であることを知った。その後「十薬」という別名のあることを知り、祖母の「じんやく」は「じゅうやく」の訛《なま》ったものとわかり、ちょっと嬉しかった。十薬の名は十種類の薬効があることに由来してのもので、そう言えば祖母も「臭い匂いがするけれど、これが薬になるんや」、と話していた。どくだみの名称も、毒を抑えるという意味の「毒矯《どくだ》み」から来ている。臭い匂いはなるほど薬草のもつ力を感じさせるものである。

美しい十字の白い花とスペード型の葉が大好きで、ベランダで鉢植えにして楽しんでいる。どくだみとは呼ばずに十薬と呼んでいる。

六月十五日

大山蓮華《おおやまれんげ》ほほえむ

梅雨を迎える頃、飛騨の山奥にある千光寺《せんこうじ》を訪ねた。町の喧噪を離れてどれだけたっただろう。山の閑けさは、小鳥の声を鋭く際立たせていた。大きな山門を潜り、深く呼吸する。千光寺は、高野山真言宗の寺院で、本尊は千手観世音菩薩。両面宿儺像《りょうめんすくなぞう》など、円空の手になる仏像が六十三体あり、円空仏の寺としても知られている。その円空像にお目にかかりたくて訪ねた。

住職の大下大圓《だいえん》さんに案内され、円空仏を拝観する。円空仏は厳しく、やさしく、神々しく、親しみをもって迎えてくれた。深い森の中の遠くから、木に鉈《なた》を打つ音が聞こえて来る。私の中から私が遠ざかって行く、そして消えて行った。

ふと我に返ると、厳しいまなざしで私を見つめていた立木仁王像《たちきにおうぞう》の口元に笑みがこぼれた。長い時間、私と円空仏だけにしてくれた大圓さんに、深くお礼を述べて千光寺を後にした。どんよりとした重い雲に覆われた深い森、誰かが私に囁きかけた気がした。振り返ると大山蓮華の大きく真っ白な花がほほえんでいた。

六月二十日

梔子《くちなし》の伝言

学生時代、バーテンダーに憧れてバーでアルバイトをしていた。バーテンダーでもあるマスターの指示で、簡単なカクテルを作って気取っていた。客はカップルか男性だった。ある日、珍しく女性の一人客が来店した。三十歳ぐらい、慣れた感じでマティーニを注文、マスターが手際よく彼女の前に置いた。マティーニは、僅かな時が過ぎるうちに空のグラスになった。マスターと言葉を交わしているものの、囁くようで、私にはその内容が聞こえない。照明に美しい女性の手が印象的に動いていた。その後、女性は数回顔を出したが、いつもマティーニを注文し、マスターと静かな言葉を交わすのみだった。たまたまマスターが店を留守にしているとき、その女性が来店した。「マティーニちょうだい」、「マスターのようには作れませんが」、「おいしいわ」、会話はそれっきり。何を話して良いか分からなかった。戻らないマスターに諦めて「マスターが戻られたら渡してちょうだい」とメモを手渡された。戻ったにマスターにメモを渡すと「葉子さんは、仕事を辞めて実家に帰るそうだ。もう来ないね」。何事もなかったように呟いた。女性が葉子という名前であることを初めて知った。バイトを終えて店を出た。梅雨に入ったばかりの夜、公園には甘く白い梔子が咲いていた。

六月二十八日

山桃収穫祭

勤務していた大学には、数百本の樹々が茂る。「花咲き、緑あふれるキャンパス」をスローガンに、学生と教職員で育み見守ってきたものだ。

六月になると若葉が次第に濃くなって、やさしい緑が力強い緑に変わっていく。その移る様子を楽しみながらキャンパスを散歩するのが私の大好きな時間だった。

山桃は大小十本ほどあって、この時期小さな実からピンポン玉ぐらいの大きさに膨らんでいく、そして黄緑から黄色、黄色から橙色《だいだいいろ》、やがて真っ赤に熟す。学生たちは待ってましたとばかりに採って頬張る。実る個数は数知れず、やがて学生に飽きられた山桃は、地面に落ちて低い方から更に低い方へと転がっていく。

料理が得意な女子職員は、山桃を籠に山盛りにして持ち帰り、翌日「山桃ジャム作りました」と持参、クラッカーを添えられた美しいジャムは、甘酸っぱいキャンパスの味がした。酒好きの教員は山桃酒を作ると言って笑顔で持ち帰った。

そして、今年もまた山桃収穫祭がやって来るのだろう。

七月一日

そして忘れ草

小学校六年生になった頃、村を流れる大きな川の上流にダムが出来ることになった。もしもの決壊を心配する人、観光で賑やかになると喜ぶ人、村はなんだか落ち着かなくなった。そんなとき、クラスに転校生がやって来た。先生は「沢木彩子さん。ダムが出来ることはみんな知っているね。沢木さんのお父様はダムの設計技師で調査のためにこの村にやって来ました、しばらくお友達です」。「沢木彩子です、よろしくお願いします」。教室が静かになった。村では珍しい名前、服装、訛りのない言葉、垢抜けていて自分たちが恥ずかしかった。沢木さんは、女子とはすぐ仲良くなったが、男子たちは眩しくて遠巻きにしていた、私も。ある日の学校の帰り道、小川にかかる水車をじっと見とれている沢木さんがいた。不思議そうな眼を私に向けて来たので「その水車は、小川の水を田んぼに汲み上げているのです」。できるだけの標準語で話した、ものすごく恥ずかしかった。「ふーん、キラキラときれいですね」。水を汲み上げる器は空き缶が利用されていた。それが太陽にキラキラと輝いていた。水車のそばには、藪甘草《やぶかんぞう》の花がぽつんと咲いていた。藪甘草は忘れ草とも言う。七月になって一学期も終わる頃、沢木さんは学校を去っていった。

七月三日

桜ん坊便

その女子学生はとても静かで、キャンパスで友達と集って賑やかにしているところを見かけたことがなかった。けれど、すれ違うときには小さな声で「おはようございます」「こんにちは」、と必ず挨拶をくれて清々しさを感じさせてくれた。

ある日、キャンパスの土手に咲いていた野薊《のあざみ》を指差して「ふるさとの山形にも咲いています」、と嬉しそうに話してくれた。少し話がはずんだ。彼女の実家は山形県の北の小さな村、戸沢村。とても田舎だけれど、四季の花が春から秋にかけて咲き乱れ、初夏には桜ん坊が紅く実る。絵の勉強がしたくて美術大学をいくつか探した、ここの大学案内を見つけて「あっ戸沢に似ている」と思ったそうだ。それ以来、話すことはなかったけれど、「おはようございます」の挨拶は私をやさしい気持ちにしてくれた。卒業式の日に「先生、四年間とても楽しかったです。友達はあまりできませんでしたが、このキャンパスが友達でした」。

毎年、初夏を迎える頃、便りが届く「先生元気にやっています、今年も桜ん坊贈ります。キャンパスの野薊は、今年も咲いていますか」。

七月七日

露草の朝

夏がやってくると露草が咲き始める。朝陽とともに咲き始めて、十時頃が最も花の力が漲る。そして午後には萎みはじめる。

露草の花が好きで我が家のベランダには空き地で採集してきた露草を大きな鉢に植えている。茎は丈夫で大きく伸びるので、鉢の大きさの倍の面積を占領して広がる。繁殖力は逞しく、茎の節からも根を出して生息地を拡大しようとする。隣に置いた鉢は油断をしているとあっという間に露草に占領されてしまう。

蒸し暑い夏の朝、露草の水色の花が咲き乱れる姿は涼しげで爽やか、野の花の心の穏やかさを感じさせてくれる。野草なので、肥料の心配はいらないが、水やりだけは毎日たっぷりと行う。その水が露草の花になっていると思えるほどだ。

長男がまだ小さかった頃「ミッキーマウスの花が咲いてるよ」、と教えてくれた。なるほど露草の花はミッキーマウスに似ていて、あの高い声で「おはよう、今日も元気だね」、と語りかけてきそうだ。長男は露草の鉢の前でしゃがみ込んで、長い間ぶつぶつとお話をしていた。

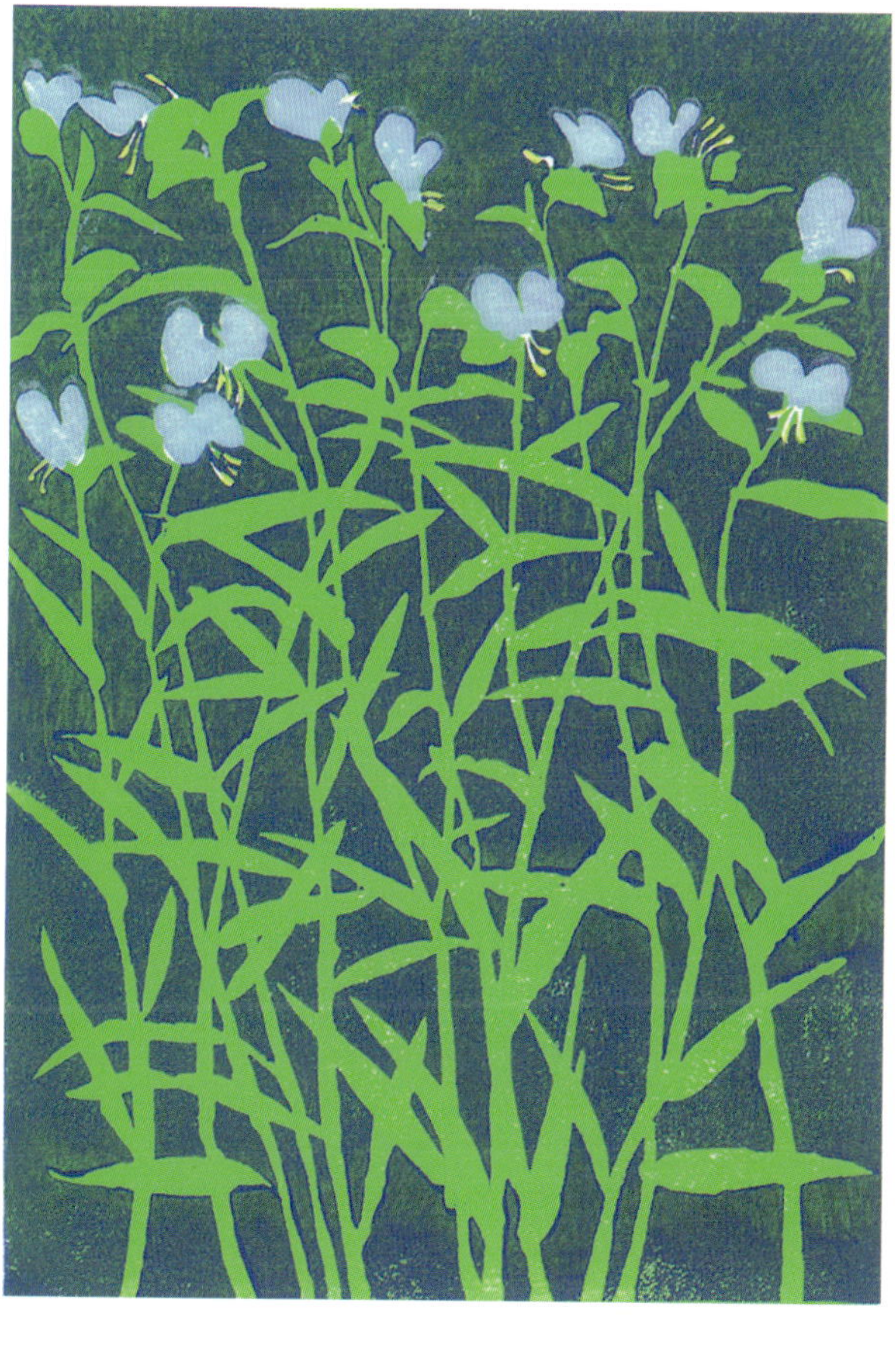

七月十日

小百合野

小鳥、小鉢、小指、小石、小鮒《こぶな》、小枝、小花模様《こばなもよう》、小窓、小袖《こそで》、小箱、小江戸……、それらは、大に対しての小の意味ではなく、鳥、鉢、指、石、鮒、枝、花模様……に対して形容する言葉としてある。一方で「小（しょう）」は、大人に対して小人、大企業に対して小企業というように具体的に大きさを示すことが多い。

「小（こ）」は、「かわいい」「素敵な」「選ばれた」「愛すべき」など大との比較ではない意味がある。したがって大鳥、大窓、大石、大鮒、大枝などあまり使われない。

粋より小粋がいい、旗より小旗、悪魔に対してさえ小悪魔といえば可愛いという意味になる。小百合は、「さ」の発音がやさしく、儚さが感じられる。

美人に喩えられる百合、人気のカサブランカ、鬼百合、鹿の子百合、黒百合、姫百合、鉄砲百合、百合も多々ある中で、小百合と言えば、笹百合。薄紅を漂わせた白、風に添うようにうつむきかげんに咲いて、恋しい人を偲ぶようである。

小百合咲く野は、里から離れた静かな野。

七月十二日

ほっほっ蛍袋《ほたるぶくろ》

蛍の宿のような蛍袋は、分かりやすく楽しい名前だ。子どもの頃から知っている花で、蛍袋を見つけると「ほっほっほったるぶくろは ほーいほい」という歌のようなものが口をついて出た。誰に教わったわけではない、多分自作だろう。

ひと山越えた友だちの家への小径には、蛍袋がたくさん咲いていた。そこを通るときは昼間なので蛍はいない。夜になって蛍が飛び交う頃、菜種殻《なたねがら》を持って蛍採りに出かける。その頃の田舎では菜種油を取るために菜の花を多く栽培していた。実を取った後にできるのが菜種殻である。蛍を取るには、軽くて枝が長くとても便利だった。

蛍は田んぼの中を流れる小川沿いを舞っていて、蛍袋が群生する山への小径とはずいぶん離れていた。結局その辺の畑にある葱《ねぎ》を拝借して、蛍を入れて持ち帰るのである。それはそれで美しい蛍入れだったが、一度も蛍袋に入れることなく大人になった。

蛍を見ると「ほっほうほうたる来い」だが、蛍袋を見ると今でも「ほっほっほったるぶくろはほーいほい」である。私の中では、蛍と蛍袋は出会っていない。

七月十五日

夏椿《なつつばき》刺す

お世話になっている先輩ご夫妻と食事をする機会があった。先輩は、実業家で日々忙しく、ゴルフ、テニスなどのスポーツ好きで少し文化系は苦手という方である。しかし、奥様との美術談義に花が咲いてしまった。先輩は食事とワインで、私たちの会話を楽しそうに聴いていた。話がいくつかの小さな美術館の話になり、「あそこには何々があって」と互いに知識を広げて楽しんだ。そのうち大山崎山荘《おおやまざきさんそう》美術館の話になった。京都の西外れに位置し、登録有形文化財の建物、大きな庭園も魅力的である。民藝運動に参加した河井寛次郎、濱田庄司、バーナード・リーチを中心に女性に人気の美術館である。

「まだ行ったことないの」という奥様に、「ぜひご一緒してもらえないだろうか」、という先輩の思いがけない依頼があった。「いや、家内の愚痴封じだよ、美術音痴の私への愚痴」。大笑いの中で実現してしまった。

奥様は明るい水浅葱色《みずあさぎいろ》の無地の着物で、同行の私をどぎまぎさせた。帯に大きく描かれた花に見とれていると「夏椿よ、娑羅《しゃら》の樹《き》とも言うわ」、と緑輝く庭で見返りポーズをとった。

七月一八日

金魚な石榴《ざくろ》

梅雨まだ明けない空に、夜店の金魚すくいのように朱い花が泳いでいる。柘榴の花は、金魚の鰭《ひれ》のように繊細で美しい。触れると落ちてしまいそうな可愛いさ、近づく夏の燃える景色である。

紅一点の紅は石榴の花のこと、中国の王安石《おうあんせき》の詩「詠柘榴《ざくろをよむ》」から由来する。詩は「万緑叢中《ばんりょくそうちゅう》紅一点《こういってん》」（広大な初夏の緑のなんと美しく力強いことよ、あっ、あそこに柘榴の赤い花が一つ咲いている）。石榴の花は、おびただしい数を咲かせる。しかし、どの石榴も最初の一つを咲かせるときがある。それを万緑の中で見つけた夏の始まりの感動、大中国ならではのスケールの大きい詩である。

私の勤めていた名古屋造形大学のキャンパスにも石榴が数本あった。梅雨の始まりとともに、一つ二つと花をつけ始め、やがて夜店の金魚のように学生たちの気を奪う。その石榴を詠んだ私の句は「地底よりマグマの伝言石榴咲く」。

七月二十一日

睡蓮《すいれん》の光

一九九二年八月の朝、サンラザール駅よりルーアン方面行き列車に乗る、パリの街は次第に遠くなる。郊外のヴェルノン駅を降り、バスに乗り換えてジヴェルニーに着く、ホテルを出て二時間になろうとしていた。目的は印象派の画家モネが人生の後半を過ごしたモネの家。代表作「睡蓮」のシリーズはここで描かれたが、生前に殆どの絵が売却されて絵は全くない。訪れる人の目的は家とともにある庭で、通称モネの庭。いつも数百種の花が咲き乱れている。名画睡蓮のモチーフとなった日本風庭園は、そこを大きく支配している。太鼓橋、池に寄り添う柳、水面を埋める睡蓮、モネがどれほど日本に焦がれていたかが解る。日本を訪れることが叶わなかったモネであるが故にその想いは逞しく、力強い創造の翼となったに違いない。「睡蓮」のシリーズを思い浮かべながら睡蓮の咲く池を眺めていると、モネが描きたかったものは睡蓮そのものではなく、睡蓮が咲いている水面であり、水面に映る空であり、それらを輝かせている光であることがわかる。やがて白内障が悪化して視力を失っていくモネであるが、脳裏に焼き付けた睡蓮のある風景は褪せることなくキャンバスに投射されつづけた。むしろ光を失った眼であるが故に、絵に光を捉えて逃さなかったと思える。

七月二十五日

凌霄花《のうぜんかずら》降る

もう随分昔のことになるが、沖縄の久米島を旅したときのことである。どういう訳で島を訪れたのか記憶がない。何か重い悩みを吹っ切ることができずに、旅の力を借りてそこから逃げようとしていたような気がする。

民宿のおばさんは、やさしい笑顔で「よう来たね」と迎えてくれた。海が近いことが、空の大きさで判る。木の葉の揺れ方で、時がゆっくりと流れていることが判る。村の人は、どこで何をしているのか人影がない。おばさんの作ってくれた沖縄そばは、初めてなのになつかしい味がした。首筋に流れる汗とともに散歩に出かける。

めったに車の通ることのなさそうな道を、隣の家、そのまた隣の家、家、家を過ぎて行く。突然空から花が降って来た、次から次へと降って来た。それは異国の花のように朱く染まっていた。あたりの路にも琉球瓦の屋根にも花が落ちて咲いていた。

一輪を手に受け止めて宿に戻る。おばさんに「何の花」と訊ねた。「のうぜんかずら」、能、禅、葛という字を思い浮かべた。何かから吹っ切れている自分がいた。

七月二十八日

薔薇の記憶

初めて薔薇を見たのはいつのことだろう。昭和の三十年代中頃の田舎では花畑はあったけれど、薔薇は植えられていなかった。薔薇の原種である野薔薇や浜茄子《はまなす》もなかった。花屋さんは一軒もなく、花束というものも見たことがなかった。

薔薇を見る前から絵本、テレビ、映画、写真、絵画、小説、歌などで薔薇に出会っており、薔薇の記憶はそういった虚像で作られる。初めて薔薇を見たときは、自分の薔薇の記憶を確認することになる。薔薇とはそういう存在であり、多くの女性が「花を贈られるなら薔薇」というのは、薔薇そのものではなく、様々な虚像による薔薇のイメージを贈られることに幸せを感じるのだろう。

初めて薔薇を女性に贈ったのは、四十歳を過ぎてからのこと。薔薇の花束を抱えて街を歩くなどとてもできなくて、花屋に行って好みの薔薇の花束を注文する。それをレストランに届くように手配をする。薔薇を贈られる女性に年齢はないが、贈る男性の年齢はある程度年を重ね、薔薇の記憶を豊かにしなければならない。

七月三十日

夾竹桃《きょうちくとう》染まる

「赤い夕映え 通天閣も 染めて燃えてる夕陽が丘よ 娘なりゃこそ 意地かけますする 花も茜の夾竹桃」、フランク永井の歌で大ヒットした「大阪ぐらし」。東京オリンピックで湧く日本、一九六四年のことだった。

「なんて赤い景色なんだろう」とまだ中学生だった私は、その歌詞を心に刻んだ。そして夾竹桃の花が大阪の街のイメージと重なるようになった。大人になって、何度も大阪を訪れるが、その度に夾竹桃の街路樹を見つけてなぜか懐かしくなる。大阪は夾竹桃が多い。

ある真夏の暑い日、名古屋から一泊の大阪出張に出かけた。環状線から見える夾竹桃は、排気ガスにもめげず赤い花を満開にさせていた。

仕事は結論にいたらず、明日再度打ち合わせることで歯切れの悪い引き際となった。早い時刻に難波《なんば》のホテルにチェックインした。まだ日は高かったが、明日への気持ちの切り替えのため一人で道頓堀の居酒屋でジョッキを傾けた。汗を連れて行くようにビールが喉を過ぎていった。西陽が店に差し込んで、赤い影を見せていた。

八月一日

鷺草《さぎそう》翔ぶ

義弟の娘にあたる沙織を連れて、豊橋の葦毛《いもう》湿原を訪れたのは、八月に入ったばかりの暑い日だった。沙織は伯父の私にとてもなついていて、私にとって義弟の家を訪問することの大きな楽しみだった。男兄弟で育ち、自分の子どもは息子二人、六歳の沙織は私の小さなガールフレンドだった。

葦毛湿原を訪れたことのない私に「さおり知ってるよ。去年おばあちゃんに連れて行ってもらったもの」という訳で、沙織に案内される形で二人で出かけた。

葦毛湿原は爽やかな風が吹いていて、町の空気とは異なるものだった。湿原に渡された板をピョンピョンと跳ねるように沙織が先に行く。「ねえおじさん、このお花『さぎそう』っていうんだよ、とりさんのさぎにそっくりだって」、鷺草のことは知っていたが、実物を見るのは初めてだった。二十五センチくらいの丈の茎から離れて、翔び去って行きそうだ。少したって私の「かわいいね」に、沙織の「かわいいね」が重なった。得意気な沙織の笑顔がまた可愛かった。

いくつか湿原の植物を楽しんだが、沙織との小さな旅は、鷺草の小さな記憶となった。

八月五日

利休朝顔

野に放り出されたように群れ咲く朝顔がいい。飛騨高山の町角で見た端正な鉢植えの朝顔もいい。朝顔市に揺れる朝顔もいい。

見たことがないが、利休の朝顔に想いを馳せると気が遠くなる。利休の屋敷に、美しい朝顔が一面に咲くという噂を耳にした秀吉は、早朝の約束を取り付けて、利休の庭を訪れる。そこには全く朝顔の花はない。仕方なく躙《にじ》り口を開け茶室を覗いてみると、床の間には一輪の朝顔が生けてあった。利休は早朝にすべての朝顔を摘み取り、一輪だけ残し、それを床の間に生けた。茶席を楽しむ究極を見せた。

黄金の茶室を誇り、豪奢を美とする天下人秀吉に対して、簡素こそ美の極みとする利休の諭に、秀吉の腸《はらわた》はどれほど煮えくり返ったものだろう。後日、利休に死を命じる秀吉の無念は、権力や財力では超えることのできない美意識に武力で報復するしかすべはなかった。

利休朝顔を見ることは叶わないが、清楚で紫が薫る、抜けるような青色に違いない。

八月八日

鬼百合舞う

花畑などなく、畑の片隅に花を植えるのがせいぜいだった貧しい風景が私の田舎だった。花といえば草花であり、菜種《なたね》や豌豆《えんどう》の野菜の花だった。小学校には花壇があり、園芸種の花が植えられていたので、そこで覚えた花も多い。鶏頭《けいとう》、百日草《ひゃくにちそう》、カンナ、クロッカス、ヒヤシンス、サルビア…けれどそれは図鑑の中に咲いているような気取った感じだった。

友達と山に遊びに行き、かなり分け入ったところの畑に、ものすごい数の鬼百合が植えられているのを見つけて驚いた、いや恐かった。その大きさ、朱色の鮮やかさといい、異形な様はまさに鬼だった。花にはたくさんの黒揚羽《くろあげは》が花蜜を奪い合うように舞っており、それはまるで鬼百合祭りのようだった。

山奥の鬼百合畑は花畑ではなく、食用である百合根を収穫するための野菜畑だった。古来より植物は食用であり、薬用である。鑑賞用となったのは豊かさの証である。貧しかった村の風景の一つとして、山奥の痩せた土地に植えられた鬼百合畑が強く眼に焼き付いている。

八月十日

蓮《はす》醒めやらず

いまだ眠り醒めやらず…。夜が明ける、その静寂を突いてポンという音がする。蓮の花が咲くときの音を聴いた人はいない。それは、蓮の花が咲く時には音がしないということではない。誰も音を聴くことができないということでしかない。

尾張の西、立田村の蓮畑を巡ると、今朝も多くの音を立てて咲いた蓮の花が美しい。原産地はインドで、仏教とともに伝わり、仏教との関わりは極めて深い。この世のものとは思えない美しさ、あの世には蓮の花が咲き乱れているのだろう。

今朝も浅い眠りが永く続いている。いや夜はまだ朝に辿り着いていないかも知れない。子どもの私の手を引いて、母はどこへ行こうとしているのか。尋ねる私の声は届かない。所どころに蓮の花が咲いている、闇の中なのに薄桃色の花だけが手が届くように見える。花の間を、母は右へ、左へ、時間の上を歩いている。どれほどの時が過ぎたのだろう。

いまだ眠り醒めやらず。

八月十三日

酸漿提灯《ほおずきちょうちん》

お盆が近づいて、我が家は何かとお寺への行き来が多くなっていた。それが何なのか、六歳の私には解らなかった。

その夜はしとしとと雨が降っていて湿度の高い、気温は八月にしては低かったことを憶えている。お寺への届け物を誰が持って行くかという話になった。「ボクが行く」と言ったのか、おだてられたのか、六歳の子どもには荷の重いお使いに行くことになった。

昭和三十年の田舎である。傘は番傘、懐中電灯はなく灯りの提灯はやたらと重かった。我が家を出て、お寺への道はかなり急な坂道となっていて、切り通しの土は剥き出しで、血の坂と呼ばれていた。周辺に家はなく、鬱蒼《うっそう》とした竹藪に囲まれている。恐かった、帰りたい、提灯のろうそくがゆらゆら揺れて消えそうになる。石ころを踏んづけて転びそうになる、泣けて来た。お寺に着いた。楽しそうに酒を酌み交わす檀家の人たち。「気いつけてかえりな」を背に血の坂を降りる。誰か付いて来そうだ、振り返らない。八月、真っ赤な酸漿を見ると、小雨の夜、提灯を持ってお使いに行ったことを思い出す。

八月十六日

夏の百日草

百日も長く咲いているから百日草。いつからいつまでかと問えば夏の百日、暦上は三ヶ月単位で季節は移り行くけれど、夏はもっと長い。その長い夏を咲き続ける。

色は、赤、黄、橙、ピンク、たまに白で、メキシコ原産と聞けばなるほどと納得する彩度。夏休みのワクワクを盛り上げてくれる花であり、猛暑で日照りの夏にもびくともせず咲いている。宿題が残っている夏休みの終りのせつなさに寄り添うこともなく、まだまだ夏休みは続くよと言わんばかりに咲きまくっている。

小学生の頃は、女の子たちはやたら元気よく、恥じらいなど全くなく、互いに楽しく遊んでいる。その赤、黄、橙、ピンク、白色の洋服は、男の私には眩しくて、自分の着ている茶色や灰色、せいぜい洗濯でくたびれた白の服が惨めに思えた。

夏中、鮮やかな色で咲き続ける百日草は、夏の女の子たちであった。今も百日草の花壇を見かけると、あの頃の元気な女の子たちの声が聞こえる。

八月十八日

向日葵《ひまわり》少年

半ズボンにランニングシャツ、ゴム草履でつまらない顔をした子どもの写真がある。薄茶色のモノクロームである。昭和三十年頃の田舎、シャツも半ズボンもよれよれで、坊主頭、なんとなく希望が持てそうなのは、後ろにある大きな一本の向日葵である。

少年は、五歳頃の私。農家の次男坊、長男の兄の写真は赤ん坊の頃から、着ているものも背景も立派で何枚もある。代々長男の家系で、長男こそが待ち望まれた子どもである。したがって、次男は写真を撮ることすらめったにないのである。この写真がどのような状況で撮られた写真なのか、特別な服でもなく、特別な場所でもない。農家にはよく植えられていた向日葵である。幼稚園も夏休みだろう、退屈な長い夏休みである。

何を考えていたのか、薄茶色の写真の少年は無口である。記憶にさかのぼって訪ねてみても、思い出すのは青い空と夕立を呼ぶ入道雲と、稲の伸びた息のむせ返る田んぼ。母たちは朝から夕方まで田んぼの草取りに出かけ、家はがらんとしていた。

けれども少年よ、君の未来はおもしろいぞ。

八月二十日

木槿《むくげ》坂

大学生になったばかりの夏、家庭教師の話が舞い込んだ。アルバイト先の喫茶店のオーナーのお嬢さんを、夏休み限定で教えて欲しいとのことである。

お屋敷と呼ぶにふさわしいその家は、私の安下宿から歩いて三十分ほどの博物館に向かう坂の途中にあった。屋敷の前に大きな木槿があって、坂道からはまずその木が見えた。

初めての家庭教師の日、木槿は真っ白い花をいくつも咲かせて私を迎えてくれた。「こんにちは、家庭教師を頼まれました高北です」。現れたのは、上品な奥様と行儀のよさそうな女の子で、「さえこです、小学三年生、よろしくお願いします」、とぺこりと頭を下げた。

紗絵子ちゃんはおとなしくて、いつも質問に答えるだけの子であった。勉強もよくできたし、手がかからなかった。ある日、珍しく質問があった。「先生は、お花が好きですか」、「大好きですね」と答えると、「良かった」と、とても嬉しそうに微笑んだ。

毎週月水金の三日、家庭教師を続けた。木槿は、その夏中白い花を咲かせ、夕方には坂を転がりながら私を見送ってくれた。後ろで紗絵子ちゃんが小さな手を振っていた。

八月二十二日

たそがれ白粉花《おしろいばな》

夏の夕暮れには、白粉花が妖しく咲いている。何が妖しいのか、花壇を占領するわがもの顔の圧倒、そして次々と花を付けては咲き続ける生命感。

少年の頃の遠い記憶、裕福であった女の子の家にはその前庭に大きな花畑があって、白粉花が咲いていていた。白粉花の回りには女の子たちが集まって、おしろいごっこをしていた。おしろいごっことはどのようなものか、男の私にはわからなかった。夕方になると女の子たちは、「おしろいごっこしよう」と言い出すのである。それまでいっしょに石蹴りなどで遊んでいたのに、私は誘われない。なんだか付いて行ってはいけない雰囲気があり、きゃっきゃと楽しそうな女の子たちを遠くで見ていた。どのように遊ぶのか訊くこともできなかったし、教えてもくれなかった。好奇心は、ただ夕暮れに立ち尽くすだけだった。

あれから六十年、白粉花は今も夏の夕暮れには妖しく咲いている。花の回りには、あの頃の女の子たちが今もおしろいごっこをして遊んでいる。たそがれてくると、闇が紅い花、黄色い花、白い花の順に花を食べていく。そして女の子たちも。

八月二十五日

千日紅《せんにちこう》の夏

暑く長い夏を咲き続ける花、向日葵《ひまわり》、百日草、日々草《にちにちそう》、百日紅《さるすべり》、そして千日紅、花の名前に含まれる日は、夏の太陽に違いない。

千日紅は、百日草や百日紅よりも長く咲き続けることで当てられた名前。千日は三年、すごい喩えである。中国から渡ったもので、名前も中国名がそのまま使われている。

熊谷守一《くまがいもりかず》の作品に「千日紅」という小さな絵がある。丸い赤い花に蝶が一匹止まって蜜を吸っている。蝶の種類は、せせりちょう。多くの蝶は蜜を吸うための花の種類が決まっており、蝶と花は相性があるかのように睦まじい風景を見せる。千日紅の蜜は、せせりちょうが好む。熊谷守一の「千日紅」もその様子を絵にしたもの、自然観察が熊谷作品の骨頂であるが、まさにその一点である。

中国に始まる花鳥画は、題材の持つ隠しテーマや言葉遊びが共有され、装飾性の高さ以上に題材の持つ寓意が歓ばれた。花鳥画はむしろ生態に基づかないのであるが、私は生態に基づく熊谷作品が好きである。

九月一日

擬黄蜀葵《とろろあおい》

華やかなイメージの葵の花、しかし葵という花はなくアオイ科の花の総称。葵は太陽の方向を向く習性の「仰ぐ陽」から葵となったと言われている。紅葉葵《もみじあおい》、立葵《たちあおい》、銭葵《ぜにあおい》、黄蜀葵《とろろあおい》など。葵がつかないがハイビスカス、芙蓉《ふよう》、木槿《むくげ》などもアオイ科の花。向日葵《ひまわり》のように葵がつくがキク科の花もある。相当にややこしい。

植物学的にどうかというよりも、葵は美しい花である。なかでも黄蜀葵は図鑑で観て上品で美しく、ぜひ実物にお目にかかりたいと思っていた。四十年ほど前、高知県の田舎を旅していたときに、やっと黄蜀葵を見つけた。が、それはオクラという野菜だった。今では一般的になってしまったが、当時オクラは珍しく、黄蜀葵そのものだった。オクラと黄蜀葵はよく似ていて、花の色は同じ、実も同じようなものが成る。かなり異なるのは葉であるが、葉の形というのは記憶に残りにくい。

野菜の花は咲く前に収穫されることが多く、その姿を知ることは少ないが、美しい花も多い。オクラは花オクラとして酢の物などで美味しい、また実を食用とするので、満開の花を楽しむことができる。ただし、黄蜀葵と間違えることのないようにしたい。

九月三日

桔梗《ききょう》風船

まだ幼稚園児だった頃、隣の家は大きなお屋敷で、りっぱな庭があった。その静かな庭に桔梗の大株があって、夏から秋にかけて次々と美しい花を咲かせた。

庭に忍び込んで、時の過ぎるのも忘れて桔梗の花を見入っていたことを思い出す。この世のものとは思えないほど美しい薄紫、均整のとれた花の形、そしてまるで紙風船のようなたくさんの蕾。蕾は最初、薄緑色の小さなものだが、やはり奇麗な紙風船の形をしている、日々少しずつ膨らんで薄紫色を帯びてくる。

この蕾は、明日咲くかな、これは明後日かなとたくさんの蕾を眺めていた。そして私の見ていないとき、それが「ポン」と小さな音をたてて咲くに違いないと信じていた。いくつかの蕾は、咲く前に空に飛んでいったかもしれない。

今でも、桔梗を見るたびに大きなお屋敷の庭、園児の自分を思い出す。そしてやはりポンと音をたてて咲くのだろうと。

九月五日

松虫草《まつむしそう》鳴く

高校に入学して生物部に入部した。植物が好きだったこと、部員の男女の比率が程よくて楽しそうに感じられたことが理由だった。下宿までして進んだ進学校では、親から体育系部活を禁じられていた。

ところが、その生物部は体育系なみにハードな活動をしていた。研究テーマを設定しての観察、採集を中心とした活動記録、さらに論文の作成が先輩から義務づけられていた。活発な活動は先輩後輩の交流も盛んで、一年生の私を上級生も可愛がってくれた。

夏休みには合宿があり、一週間ほど山にこもる。各自の観察、採集のほか、部員全体の共同研究も設定されていた。一年生の最初の合宿は、鈴鹿山系藤原岳で行われた。合宿での調査は、上級生と一緒に動く。私は三年生の浅村淑子さんがペアで、標高千メートルを超える藤原岳は、夏草と秋草が繁茂していた。里の草花に詳しかった私も、藤原岳に咲く山の草花は見慣れないものが多かった。

見知らぬ薄紫色の花を見つけて「松虫草よ、松虫には全く似ていないの。松虫の鳴く頃に咲くので、この名前がついたの」先輩の知的で美しい横顔が、松虫草と重なった。

九月七日

哀酔芙蓉《すいふよう》

「蚊帳《かや》の中から花を見る 咲いてはかない酔芙蓉」、風の盆恋唄の歌い出し。猛暑の中を咲かせ続ける芙蓉から、夏の便りを受け取るように酔芙蓉は咲き始める。忘れてしまっていた恋と、切なくなるほどの淡い記憶、あの方の容姿はあのときのままである。

酔芙蓉に初めて出会ったのは二十五年ほど前、恩師の家を訪ねた時。庭に植えられた酔芙蓉は、午後の早い時間にあって白の中に少しずつ紅を差しつつある。長いご無沙汰の訳を、長い時間をかけてお聴きいただき、おいとまする頃の酔芙蓉は見事に紅く、妖艶でさえあった。恩師は「哀しい花ですね、美しく、ひたすら美しく、咲く花の激しさと寂しさを見せる花です」。

「越中おわら風の盆」は、越中八尾《やつお》で初秋の頃行われる。坂が多い道筋を越中おわら節の哀しみに満ちた旋律にのって踊られる。哀しみを深めていくのは、胡弓の調べ、そして踊り子たちは、夜へ夜へと踊り沈んで行く。

紅く染まりつつあった酔芙蓉が、いつのまにか紅一色に咲かせている。

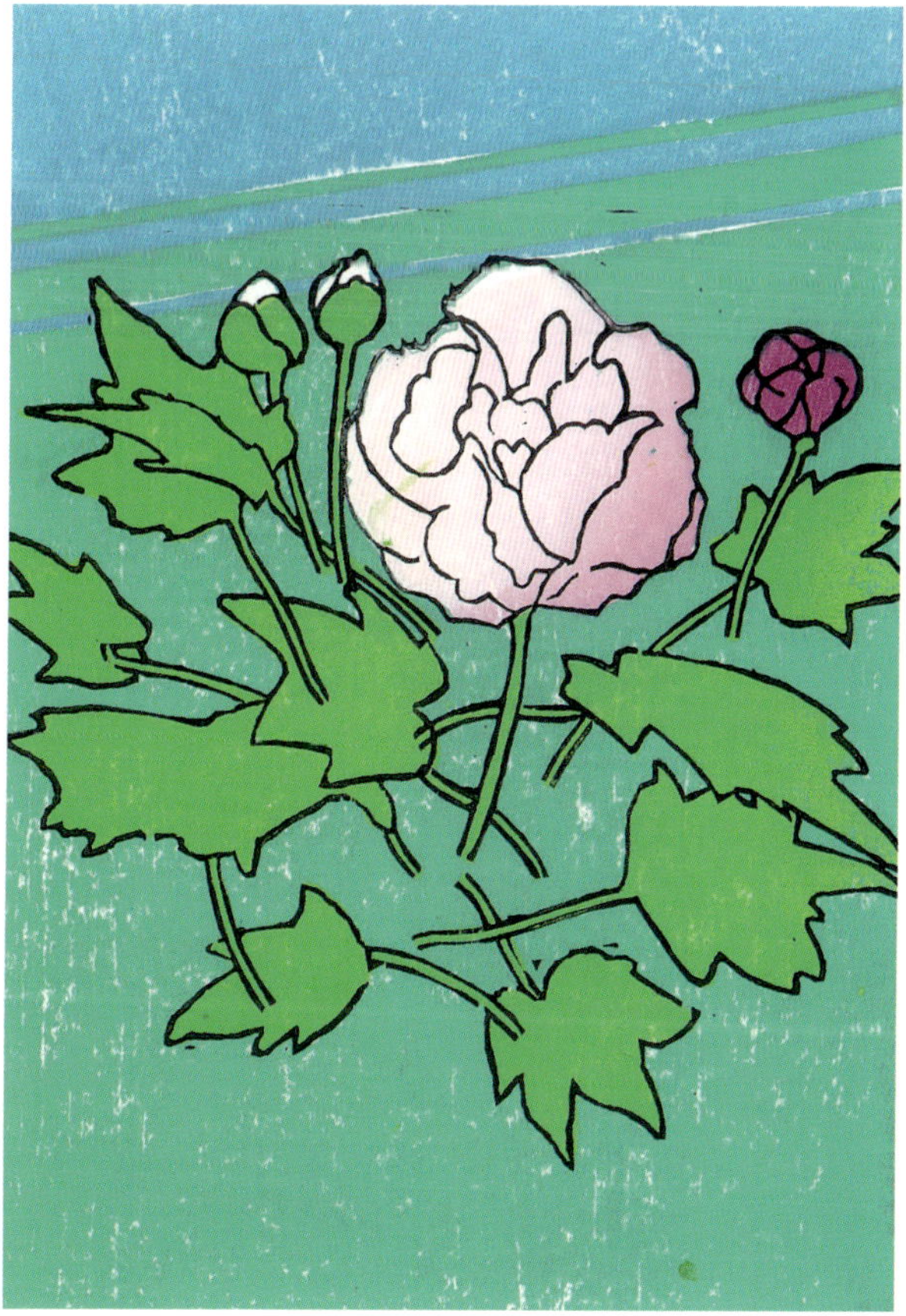

九月十日

車輪梅《しゃりんばい》の浜辺

夏も終わりに近づいたある日、私は南の小さな島を旅していた。人生の真ん中を迎えて、ひとつの迷いの中にいた。一生懸命がどこか空しい。がむしゃらに走って来て、ひとかどの仕事ができるようになったという自負に酔えない自分がいる。沢山の仕事を押しのけるようにして旅に出た。短い旅であったが、そこから何か確かなものを、忘れて来た何かを掴もうとしていた。小さな砂浜は白く続いていて、海は碧く無口であった。

いつのまにそばに来たのだろう、小さな子どもが私に「はい」と言って差し出してくれたものがあった。かわいい手のひらには数個の青い実が握られていた。「ありがとう」と笑顔を返しながら両手でその実を受け取った。遠くに目をやると、母親らしき人が小さくおじぎをするのが見えた。私も返すようにおじぎをした。小さな子どもは母親の方へ駆けて行った。浜辺には、子どもの足跡が点々と残った。

青い実は、車輪梅の実であった。実を握ったままずっと海の美しさに魅入られていた。心を吹き抜けて行く青くやさしい風があった。海の碧、車輪梅の青にも似ている風だった。

九月十五日

野菊の径

中学生の時、伊藤左千夫の「野菊の墓」を読んだ。四六版サイズの青少年文学全集の中に収められていて、五十ページ余りの短編とはっきり記憶に残っている。読後、涙が溢れて仕方がなかった。

以降、野菊を見るたびに「野菊の墓」のセンチメンタルが重なって中学生のあの頃に戻る。

野菊は、菊科の野草の総称。具体的には嫁菜《よめな》、紫苑《しおん》、姫紫苑《ひめしおん》、野紺菊《のこんぎく》・・・と野菊にもいろいろあるが、私にとっての野菊は嫁菜である。少年の頃、いつも遊んだ径の嫁菜は、夏の間、群れて咲く姫紫苑よりも少し大きく、数個の花が忘れられたように咲いていた。その青紫色の美しさは、少年の不安を大きくし、心奪われてしまうかのようだった。

その後の「野菊の墓」は、私の「野菊の径」と知らずのうちに重なっていったもので、「野菊の墓」の涙は、嫁菜の青紫の花を滲ませるものだった。

九月十七日

撫子《なでしこ》何処

私の生まれ育ったふるさとは、「ふるさと」の歌そのもののような「うさぎ追いしかの山こぶなつりしかの川」の村だった。大和の山に囲まれた盆地の中央を、ゆったりと川が流れて行く。少年たちは野山を駆け回り、食べることのできる野草に詳しい。いつごろどこに虎杖《いたどり》が芽生え、茅《ちがや》の根が甘く掘り出せる土手を知っていた。晩秋には桑の実でポケットも口の中も濃い紫に染まった。少女たちは草花で遊び、やはり甘い草花に詳しかった。酸模《すいば》の筋の取り方、赤詰草《あかつめくさ》の蜜の吸い方、花冠《はなかんむり》を作って得意だった。私は野山を駆け回るのも好きだったが、花遊びもまた好きだった。女の子の友だちが多かった。

秋の七草という存在をその中から知るようになって、野山がいっそう好きになったが、どこにも撫子は見つからなかった。図鑑で見ると、他に比べてひときわ可愛い姿をしている。撫子だけが草ではなく花だった。私にとって知ってはいるが見たことのない花のままだった。

大学生になって一人旅に出た信州の河原で、初めて撫子に会った。初めてだけどなつかしく、想い描いた通りの可愛い花だった。

九月二十日

竜胆《りんどう》ヶ原

今は新興住宅地として変わってしまったが、ふるさとの山は私の大好きなところだった。秋は特に楽しく、いつも山であそんでいた。仲間であそぶ山は、栗、柿、柘榴《ざくろ》、通草《あけび》、食の山として、腹ぺこの少年たちを惹き付けて離さなかった。

センチメンタルな私は、一人で山に入ることも好きだった。咲き乱れる秋の草花は、いつも親しい友達だった。そうして秋の草花の名前を覚えていった。

中学生、高校生となって、いつのまにか山が遠くなっていた。高校も最後の秋、あの草花たちに会いたいと、何年ぶりかで山に分け入った。子どもの頃あれほど遊んだ山なのに全く路を憶えていないのに驚いた。下り坂に入ればどうせ帰れると安堵な気持ちでどんどん山奥に分け入った。突然、視野がひらけた。青紫色の原っぱが目の前に広がっていた。近づいて見れば、無数の竜胆が咲いている、竜胆の群生である。

その後、何度かの秋に山に出かけたが、竜胆ガ原には一度も辿り着けなかった。

九月二十二日

岸辺の葛《くず》

彼岸のお墓参りで帰ったふるさとは、町のまん中を幅五十メートルほどの幅の大きな川が子どもの頃のまま流れていた、いや少し変わっていた。五十年ほど前に上流にできた発電所ダムによって水量が減り、たくさんの中州ができ、岸辺も広がっていた。ゆったりと流れていた川は、中州と岸辺に生えた草が繁り、その草に隠れるように流れている。鴫《しぎ》や鷺《さぎ》が飛び交い、羽黒蜻蛉《はぐろとんぼ》や青筋揚羽《あおすじあげは》、多くの昆虫、川魚などの生態系が育まれている。

昔から岸辺を我が物顔で覆い尽くしていた葛《くず》は、さらにその勢力を拡大している。岸辺から土手に這い上がり、土手近くの電柱や看板を呑み込むように旺盛である。夏の終り頃から咲き始める葛の花は、葛の勢力相応に多く咲かせている。しかし、葛の葉の量に比べて花はあまりに小さく、道行く人に花の愛らしい姿は気づかれることがない。

秋になっても葛は、夏の元気を持続して衰える気配はない。晩秋に葉は枯れるが、葛根《かっこん》と呼ばれる食用、薬用に供される根はなお勢力を拡大し続ける。その逞しさもまた、葛の力を見る思いがする。

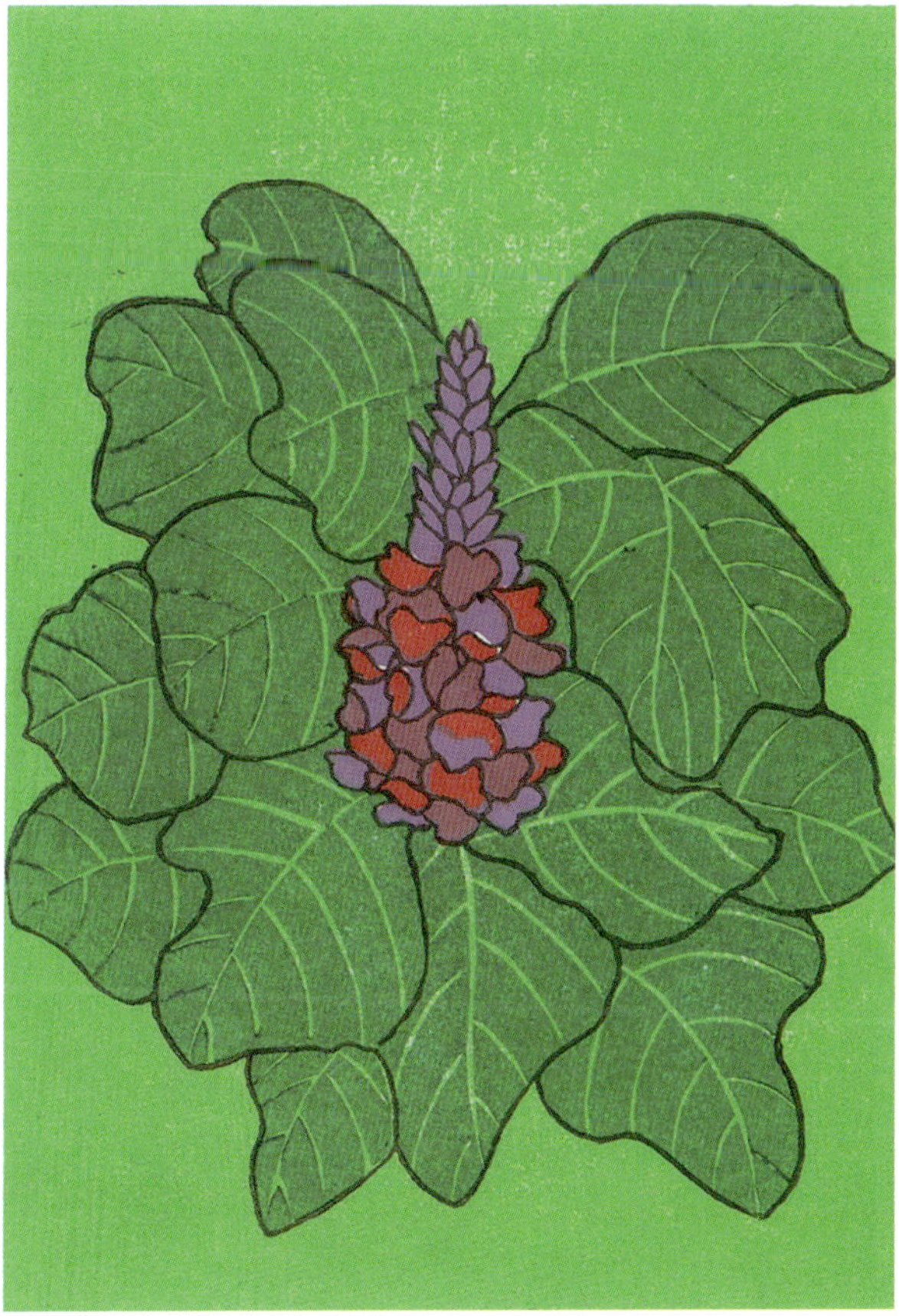

九月二十三日

彼岸花《ひがんばな》の土手

一九九五年に半田市ふるさと景観賞の表彰が行われ、審査員の一人として加わった。ふるさと半田にとって魅力的な景観を表彰し、残し、育んでいこうとするものである。数ある候補の中から十の建物、橋、道、杜、市《いち》などが選ばれた。

その中で私が強く推したのは「矢勝川の花いっぱい運動」である。花は彼岸花、一つ一つ球根を植えて矢勝川を彼岸花の咲く土手として、ふるさと景観をつくる運動である。

今ある景観を素晴らしいとして称讃することは大切であるが、その景観を育んでいこうとする運動を表彰することとしたのである。嬉しくて、私が表彰理由の文章を書いた。

あれから二十数年、彼岸花はさらに増え続けており、お彼岸の頃、半田を訪れる人々に潤いを与えている。半田市は童話作家新美南吉《にいみなんきち》の生まれ育った地であり、矢勝川の流れる岩滑《やなべ》地区は、南吉の童話にも登場する。

南吉の童話の世界に空想を広げていると、幼なじみで好きだった女の子と手をつなぎ、どこまでも続く彼岸花の土手を、夕焼けに向かって歩いている子どもの私がいた。

九月二十四日

芒《すすき》原

秋の七草の一つとしては、極めて地味な存在として印象づけられているのではないか。花にあるべき花びらがなく、華やかな色彩もなく、花札の芒などはどこに描かれているのか、満月、雁、山が描かれていて、その山に添えられるようにしかない。

しかしながら七草、花札に登場するからには、私たちの暮らしともかけがえのない花ということである。十五夜の月見に飾る花は、芒以上に似合う花などありえない。いわゆる名脇役、月を愛でるのに鮮やかな色は無用であるし、正円の美しい幾何形態に交差する芒の穂や葉の曲線に適うものはない。

芒は、元々「入り交わる」という意味からの「錯」からきていて、芒原の風景は、なるほど多くの入り交わる姿である。月も山も取り込んで互いに交わるのである。ひたすら続く芒原を歩くと、溶けて交わっていく自分がいる。

青芒《あおすすき》、鬼芒《おにすすき》、糸芒《いとすすき》、花芒《はなすすき》、穂芒《ほすすき》…そして尾花《おばな》として枯れ野になって冬になる。

十月一日

金木犀《きんもくせい》芳香

私の生家の庭には、大きな金木犀が小さな庭を支配するようにあった。子どもの私もその下にいた。祖父は、その金木犀が自慢でとても大切にしていた。毎年、金木犀が香る頃になると、「この金木犀は、村で一番の大きな木で、わしが子どもの頃にわしの親父が植えたものじゃ、花の香りも村一番じゃ」。

確かに、我が家の金木犀は背が高く、村一番であったかも知れない。しかし香りが一番というのは、よくわからなかった。子どもの私は、この季節に友達が遊びに来ると「うちの金木犀は、村一番じゃ」、と自慢をした。友達はそんなことなど関心はなく、何の言葉もなかった。子どもは花の咲く木などに興味はなく、食べることのできる実のなる木は、皆とても詳しかった。秋には、柿、桑、栗、いつどこで実り、食べ頃はいつか、どこの柿が甘いか。黙って採っても叱られることのない実のなる木を知っていた。

祖父は八十八歳の長寿を全うした。その後も秋になると、金木犀は高い香りを放っていたが、今は兄が家を建て替えて無くなってしまった。兄も花より実が好きな子どもだった。

十月四日

茶の木畠

六年通った小学校は丘の上にあって、南に正門、東に通用門があった。私は東の通用門が近くて、校舎も東よりに建っていたので正門からの登下校は殆どなかった。北面は急な傾斜の竹藪であったので、子どもたちが近づくことはなかったが、西面は緩やかな傾斜で茶の木畠になっていた。茶の木畠に入ることは禁止されていたが、低学年の子どもたちには格好のかくれんぼ場所で、放課後の遊び場と化していた。

高学年にとって、土日の校庭はソフトボールグラウンドとなる。このボールが、バックネットを越えて茶の木畠に飛び込むことがあった。大切なボールは一個しかなかったので、ゲームは中断、全員が茶の木畠に入ってボール探しとなる。格好のかくれんぼ場所は、ボールも格好の行方不明場所となって、なかなか見つからなかった。

それから四十年が過ぎて大学でのゼミ中、「そんな考えでは茶の木畠に入ってしまう」と思わず口を衝いて出た。（今の学生はこの慣用句が解らないのではないか、という不安がよぎり）「茶の木畠に入るという意味がわかりますか」、全員「解りません」。体験の伴わない学生たちに説明することはとても難しかった。

十月六日

秋桜《あきざくら》の野辺

ソウルオリンピックを控えた一九八六年の秋、初めて韓国を旅した。六泊七日、ソウル、大邱《テグ》、慶州《キョンジュ》、釜山《プサン》。先進国へ肩をならべようと躍進する韓国を見ておきたかった。ソウルは活気に満ちており、市民の表情には力があった。市場には物が溢れており、近未来へのエネルギーが渦巻いていた。私の専門である都市デザインは、まだまだ垢抜けないものであったが、言い換えれば、民族の匂いを強く嗅ぐ魅力的なものでもあった。そしてソウル以外の町は、まだまだ韓国の歴史が静かに流れていた。

韓国の酒と言えばマッコリであるが、当時はソウルの店にはどこにも無く、探しあぐねたあげく大邱の田舎町で自宅用のをいただいた。強い癖に感激した、これぞ民族の酒だ。

慶州では、ふるさととよく似た古墳群の小径を何時間も歩いた。秋桜(コスモス)が満開で、この国の人もまた秋桜が大好きであることを知る。互いの心を開ききれない悲しい歴史を思うと涙がこみ上げてきた。

十月九日

小紫《こむらさき》小紫

小学二年生の夏休みは、兄と一緒に昆虫採集に明け暮れる毎日だった。兄は何をやっても上手く、とりわけ昆虫採集と魚釣りは得意だった。魚を釣れば大物の鮒や鯉を釣る。蜻蛉《とんぼ》を追いかければ鬼ヤンマでなければ、気がすまなかった。

その兄が求めた蝶は、大紫《おおむらさき》、日本の国蝶で日本最大の蝶である。野山に囲まれた田舎に暮らす私たちは、昆虫採集にも恵まれた村だったが、大紫を見つけることは至難の業で、まして採集することは不可能と思われていた。来る日も来る日も大紫を追いかけて兄は山に出かけた。そしてある日、大得意な顔で大紫を捕まえて帰って来た。夏休み明けの発表会では、小学校でたった一人だけ大紫、大好きな兄が人一倍かっこよく見えた。

私は、小紫しか捕えることができなかった。しかし、豹柄に紫が美しく輝く小紫は大好きで、満足な夏休みであったことを憶えている。

蝶ではなく、小さな紫の実が成る植物の小紫もまた好きで、ベランダで育てている。秋の深まりとともに紫に染まる小紫を見るたびに、故郷の山を飛び交った蝶を思い出す。

十月十三日

一本柿

ふるさとの村では、どこの家にも家のすぐそばに一本の柿の木が植えられていた。家族のおやつであり、特に子どもたちの秋の楽しみであった。たがいに「うちのはもう食べれるよ」、「うちのはこんなに大きいよ」、なぞと自慢しあっていた。一番早く実る盆柿は特に羨ましかった。たくさん実った家では、近所に一枝ずつ配るということもあった。

ところが、我が家には柿の木がなかった。祖父に「なんでうちは柿の木がないんだ」と不満げに尋ねた。「柿の木は家の西側にあるぞ、あるけどまだ成らん。桃栗三年柿八年言うて、なかなか成らん」。そんなものかと見に行ったら、太く立派な柿の木があった。八年は過ぎているように思えたが、祖父の言う通りかも知れないと思った。次の年は成る、その次は成ると待ち続けたが、期待はいつも外れた。それでもある年、数個の柿が成った。嬉しくて初めて食べた我が家の柿は、残念ながら甘いというにはほど遠く、それまで食べたどこの家の柿にも負けていた。村の子どもたちには、「うちは柿の木がないんだ」と言い続けた。

柿の木に肥料をあげて手入れを続けた祖父の残念な気持ちが、おとなになってから解った。

十月十七日

母想う吾亦紅《われもこう》

秋も少しずつ深まって行こうとする頃、田んぼの畦《あぜ》にふと見つけた変わった草、「お母さん、これ何」母は「われもこう、変な花やね」「へえ、花なんや」。小学生になったばかりの頃だったと思う。花びらのない吾亦紅は可哀想な花だ、それに焦げたような色をしている。葉もあまりなくて、寂しげだ。

吾亦紅の漢字を知ったのは、高校生になって俳句を始めた頃。「吾も亦紅い花」、亦という意味に吾亦紅を愛おしむ心が芽生えた。

高校時代は下宿生活、一人暮らしは寂しかった。母から贈られる手紙に涙が滲んだ。下宿は田んぼに囲まれていて、やはり畦に吾亦紅がぽつんとあった。母との会話を思い出し、吾亦紅のそばに佇んだ。昔焦げたような色と思った花は、よく見ると紅かった。深い紅だった。母はこの紅色を見ていただろうか、吾亦紅の字を知っていただろうか。野良仕事で土まみれの一日を過ごす母に「吾も亦紅い花」という気持ちがあっただろうか。今はもう母に尋ねることはできない。

十月二十二日

通草《あけび》の沢

小学生の頃は、いつもおなかが空いていた。家が貧しかったことと、遊び回っていたからだ。秋の山は、そんな子どもにとって嬉しい山だった。嬉しい山だが、怖い山でもあった。特に通草の成るところは、険しい沢のところで、とても一人で近づくことができなかった。そんなわけで私は、通草を食べたことがなかった。どんな味なのか、想像ばかり膨らんだ。やはり通草を食べたことのない友だちを誘って、山へ通草採りに出かけた。おおよその場所は知っているが熟した通草は見つけにくく、どきどきしながら沢に踏み入った。鬱蒼と樹々が繁る中でなかなか見つからない。少しずつ斜面を降りながら通草を探す。突然足元が崩れて私は谷に向かって滑り落ちて行った。訳もわからず手当り次第に枝を掴んだ、それでも止まることなく数メートル下まで滑った。

大きな怪我は無かったが、あちらこちら擦りむいていた。手には命綱になった一本の蔓が、そしてその先に二個の通草の実があった。実は小さく青く、とても食べられるものではなかったが、戦利品を友だちと分け合って笑顔で山を下りた。

十月二十四日

烏瓜《からすうり》夕陽

三重の伊賀盆地の名張で生まれ育ち、名古屋で働き始めた。名古屋に住むと岐阜がものすごく近い。飛騨は少し遠いが、初めて訪れた高山は伊賀と同じ山国、盆地の町なのにびっくりするほど高い文化が育まれ伝えられていた。

大好きになった高山に何度も出かけ、研究テーマにもした。町の旅館に泊まるのも雰囲気があったが、予算の都合もあって町外れの民宿によく泊まった。大きな農家でもある山本屋は、のんびりした時間が流れていた。飛騨は雪深い中で採れた野菜、山菜、川魚、飛騨牛など食文化も洗練されていた、特に漬け物は格別美味しかった。

ある日、早めに取材を終えたので宿の付近を散策した。刈り入れの終えた田んぼは、ところどころに藁《わら》が残され、土手には吾亦紅《われもこう》が咲いていた。

ある農家に美しい納屋を見つけ、その様子を撮影とスケッチで記録にとどめようとした。この美しさはなんだろう。粗壁《あらかべ》にもたれかけた鍬や鎌、積み上げられた収穫の野菜、どこにもある納屋だった。眩しい夕陽に眼を背けた先に、朱い烏瓜が吊るされていた。飾り気のない納屋にゴッホの絵のように赤く強く輝いていた。

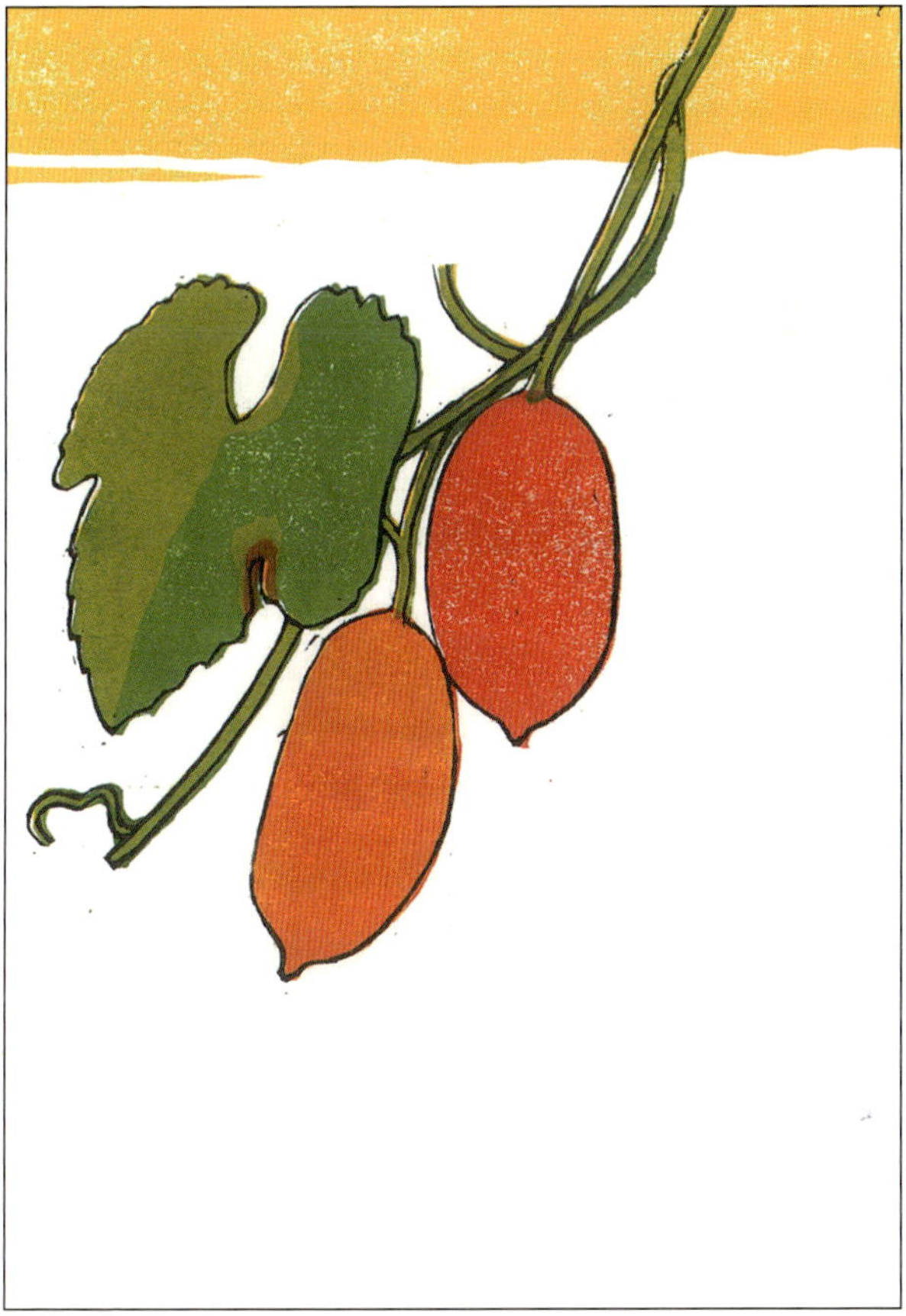

十月二十五日

萩こぼれる

中津川にある「夜がらす山荘長多喜《ながたき》」のことは、書籍により日本の名旅館として知っていた。機会があれば一度出かけてみたいものだとも思っていた。

ある日、中津川在住の友人と酒を酌み交わしていたら、「長多喜を知っているかい。そこの主人が君のファンだよ。遊びに行ったらきっと歓迎してくれるよ」、という嬉しい話になった。その頃、「ウイークエンド中部」というNHKテレビ番組でレギュラーコーナーを持っており、デザインについてコメントしていた。ご主人は、そのコーナーのファンだったというわけだ。

頃合いの日を選んで長多喜を訪れたのは、秋も深まる十月の終わりだった。数軒の古民家を一万坪の山に移築して宿とした長多喜は、山野草とともに迎えてくれた。

ご主人とは初対面であったが、なつかしい友にお会いしたようだった。手入れが過ぎない風流な庭をたっぷりと散策し、のんびりと湯に浸かり夕食となった。豊かな山の幸の美しい料理を地酒で愉しんでいると、早めに仕事を終えたご主人が同席してくれた。互いに質問の多い酒席で、聴くも語るも楽しかった。そして秋の夜はゆっくりと更けていった。

ふと目をやった庭には満開の萩の株が、静かに花をこぼしはじめていた。

十月二十八日

友想眉刷毛万年青《まゆはけおもと》

もう三十年も前のことである。佐世保から集団就職でやって来て、名古屋に長く住んでいる友達から電話があった。「このところ忙しくて、しばらく飲んでいないね。どう今夜時間取れるかい」。友人の電話にいつもの誘いとは異なるものを感じた。仕事はあったが、友人の待つ酒場にかけつけた。「何かあったのかい」、「実は、おふくろの調子が悪くて佐世保に戻らなくてはいけないんだ。オレ長男だし、姉貴は大阪に嫁に行っちゃって戻れない」、「会社を辞めてしまうのかい」、「仕方がないね、叔父のやっている酒屋を手伝うことになっている」。多くを語らず酒を飲んだ。佐世保はちょっと遠い。「飲もうよ」という気楽な友達ではなくなってしまう。

「これ、もらってくれないかな」、紙袋から取り出して、盃のとなりに置いたのは、根から葉が広がる見たことのない植物の鉢植えだった。「眉刷毛万年青って言うんだ。おふくろが育てて増やしているのを帰ったとき持ってきた、可愛い花が咲くんだ」。私は深く頷いた。

あれから眉刷毛万年青は、毎年十月頃白いかわいい花を咲かせて楽しませてくれている。その度に友達は、旨い酒を飲んでいるだろうかと思いを馳せる。

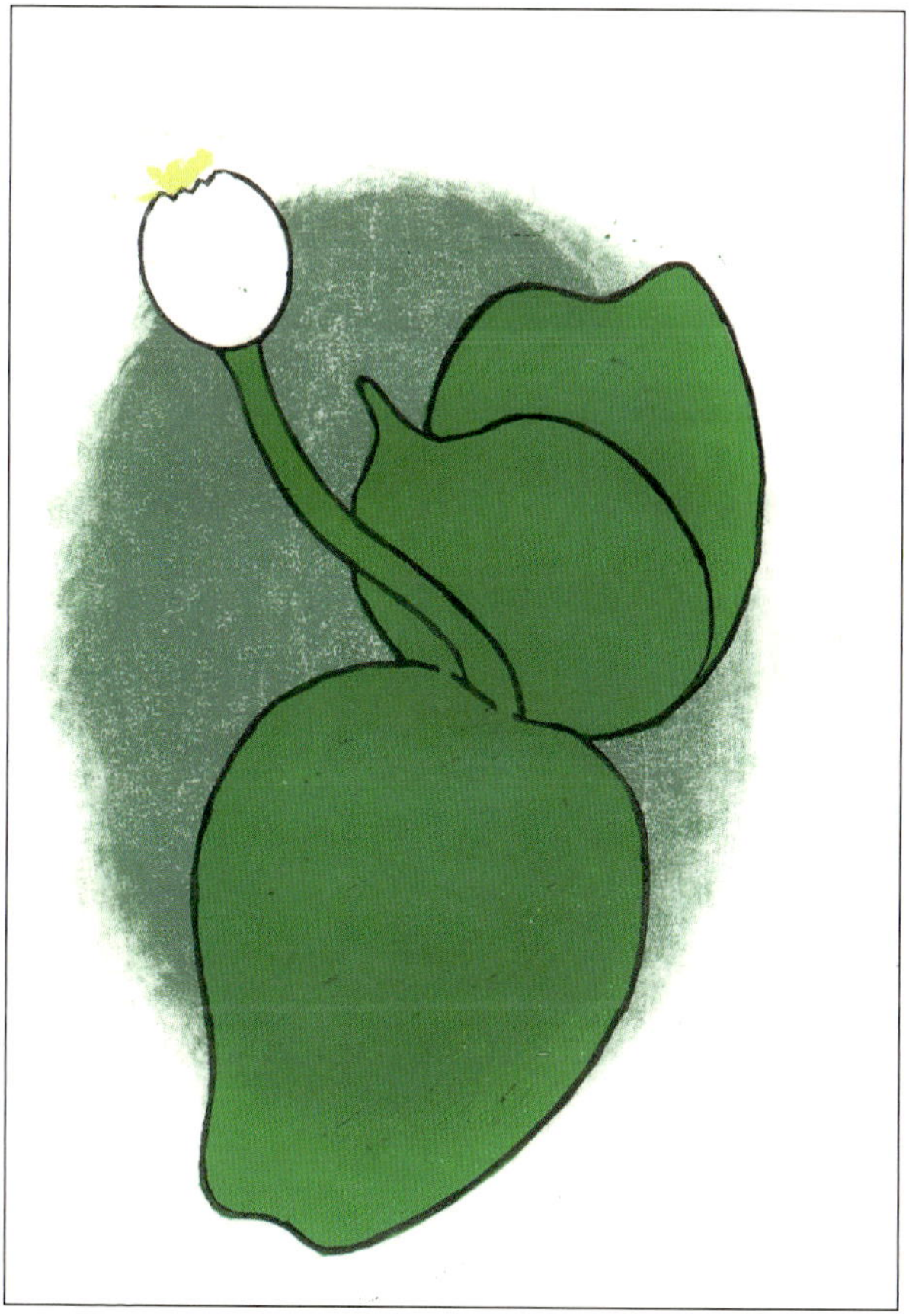

十一月一日

不如帰《ほととぎす》彼方

高校に入学して選んだ部活動は、生物部だった。植物が好きで、昆虫や海の生物も好きだった。しかし二年生になって、急に文学少年になった。きっかけは、国語の佐藤先生だった。先生の授業は、国語を教えるというよりも文学を楽しむという授業だった。小説を紹介するときも、まるでその小説の中に入ったような状況、風景が目に浮かぶようだった。

図書館に通い日本文学全集を片っぱしから読み、多くの作家と出逢った。詩、俳句とも楽しむようになった。そして生物部に入ったまま文芸部に入った。佐藤先生が文芸部の顧問であったから。先生のことを、ほのかな情感を抱きながら憧れていた。俳句を作っては先生に見せにいった。ひとつひとつ丁寧に指導をしてくれながら、ホトトギス派俳句のことを教えてくれた。また不如帰の鳥と花のことも。

三年生になって佐藤先生が退職されたと聞いた。結婚されて遠くへ引っ越されたそうだ。

先生のいない文芸部の部室は、とても広かった。

十一月三日

女郎花《おみなえし》の坂

図鑑で憶えた秋の七草のうち藤袴《ふじばかま》、女郎花《おみなえし》、撫子《なでしこ》は、いつまでたっても実物に出会うことができなかった。中学生になっても見つけることができなかった。今のように女郎花が花屋や園芸店で売っているという時代ではなかった。

中学生になってできた友人に、赤目滝入口の長坂地区に住む藤永君がいた。通学には険しい坂を自転車で往復二時間ほどかけて通っていた。かつては忍者も住んだと言われる山村であり、百地三太夫の子孫である百地家もあった。そんな興味深い村に憧れて、土曜日の午後遊びに行った。

盆地のまん中にある我が家と異なって少し気温が低く、植物も少し異なった景色であった。藤永君の家は古く大きな家で、長坂地区にはよくある茅葺き屋根だった。異なる環境で育って互いに好奇心でいっぱい、話が尽きなかった。

秋に再び訪れた長坂は、私の村よりも紅葉が早く、落ち始めた木の葉も積もり始めていた、いつ頃から咲いていたのか黄色い女郎花の群れがやさしい風に揺れていた。

十一月五日

貴船《きふね》優し

仕事のキャンセルがあった。またプレゼンテーション中の返事はペンディングのままである。重い心を抱えて、ふと京都への旅に出た。

祇園にある美術館、何必館《かひつかん》で「魯山人《ろさんじん》展」を観た。魯山人はその人生の栄枯盛衰の中で、激しく自己を見つめ自他ともに妥協を許さなかった。「自分が尊いことを知らないで何ができますか」、魯山人の強い言葉を胸に美術館を出た。晩秋の京都は既に闇が迫っていた。

あてもないまま、祇園四条通から路地へ路地へと歩く。薄紫色に染め抜かれた小料理屋の暖簾が目に入る。左脇に小さく書かれた「ふなき」が、白く優しい。暖簾に誘われるまま店に入る、早いせいもあって客は誰もいない。女将が一人「おいでやす、どうぞおかけやす」、暖簾に合わせたかの薄紫の着物に割烹着。五十ほどだろうか、優しい容姿に苦労が見える。

おばんざいを三品、日本酒を二合頼んで、女将とどこにでもあるような言葉を交わす。外は雨が降り出したようだ。さらに一合、追加する。酒の酔いの中で重い心が軽くなっていく。

カウンターの隅に生けられた貴船菊が、二人をずっと見ていた。

十一月八日

八つ手天狗

小さな頃、神社の境内はみんなの遊び場で、いつも村の子どもたちが集まっていた。境内は神主さんがいつもきれいに掃除をしていたので、心地の良い砂地で何をして遊ぶにも快適だった。拝殿の床下は多くの蟻《あり》地獄が棲んでいて、そこもまた楽しい遊び場だった。本殿の裏の杜は鬱蒼と樹々が茂り、大きな銀杏《いちょう》の木がそびえていた。杜に入るときは、いつもガキ大将に率いられての探検だった。棒切れを片手に奥へ奥へと進む。臆病者だった私は、いつも最後にくっついていくのだが、それでもいつも境内の杜は恐かった。

杜の奥は、昼間でさえ太陽の光があまり届かなく、そこには何本もの八つ手があった。子どもでも覚えやすいその名前は、天狗の団《うち》扇《わ》とも言った。境内の奥の杜には、きっと天狗が棲んでいるからこんなにたくさんの八つ手があるのだと思った。一人で杜に迷い込んだら、きっとこの大きな八つ手で捕らまえられるに違いない。

八つ手は、勿論手に喩えられての名前であるが、指にあたる部分の数は必ず七つか九つで、八つは絶対にないそうだ。しかし、私が子どもの頃見た八つ手は八つだった。

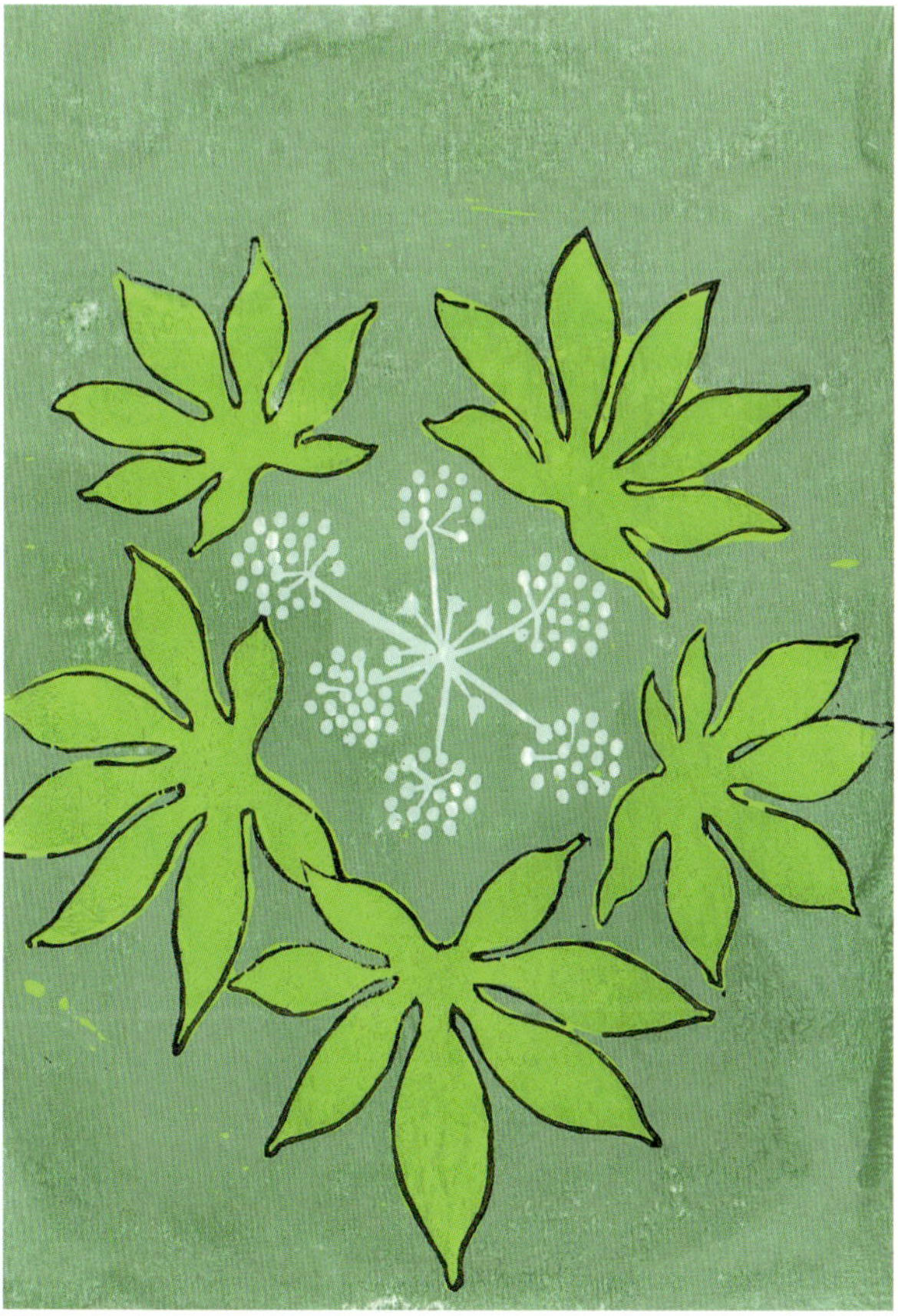

十一月十日

小春石蕗《つわぶき》

秋の終わり、十一月の珍しく暖かい日のことを小春日和という。小春は陰暦十月の総称、大和の国のやさしい言葉である。英語ではインディアンサマー、なんとなく気分がわかる。思いがけず休みが取れて、湯谷《ゆや》温泉へ一泊の旅に出た。小春日和が似合う小さな宿の庭に出てみると、ふとそこだけは日向ぼっこのようにひときわ明るい。石蕗の一群れが咲いている。青紫の淋しげな秋の花が終わり、花の少ない晩秋、暖かな黄色の花は、幸せが微笑んでいるようだ。葉は、艶やかな濃い緑、花を引き立てるように丸くゆったりとしている。石蕗の「つわ」は、「艶《つや》」の変化、艶やかな葉の様子を指している。蕗の名があるが、蕗のなかまではない。

明治三十三年生まれの私の祖母は、名を「小はる」といった。八九歳までの長生きでずっと畑仕事を続けていた達者なお年寄りだった。石蕗を見かけると、小はるばあさんを思い出す。あたたかでやさしく、北風が吹き、粉雪が舞う頃になっても、庭の隅に咲いている。

十一月十七日

鈴掛《すずかけ》の空

小学校の校庭の隅に、大きなプラタナスの樹があった。そのとてつもなく大きな葉っぱが大好きだった。夏が近づく頃は樹の下が涼しくて、いつもそこでぼんやりとしていた。葉のギザギザがとても不思議で、飽きずにいつまでも眺めていたことを憶えている。見上げると、大きな葉で埋め尽くされ、黄緑色の空になっていた。太陽はその向こうでキラキラと輝いていた。

黄緑色の葉は、少しずつ黄色くなって、いつのまにか茶色になっていった。秋も深く、冬が近づいていたのだろう。樹の下に遊びに行くことも遠ざかっていた。

冬のある日、すっかり葉を落としたプラタナスに可愛い実がぶら下がっているのを発見した。たくさんの実を見つけて感激した。その実を拾って、宝物のようにポケットに入れて持ち歩いた。

プラタナスが鈴掛という名前でもあることを知ったのは、小学校を卒業してしばらくたってからのこと。あのプラタナスは、今も校庭の隅で子どもたちに愛されているだろうか。

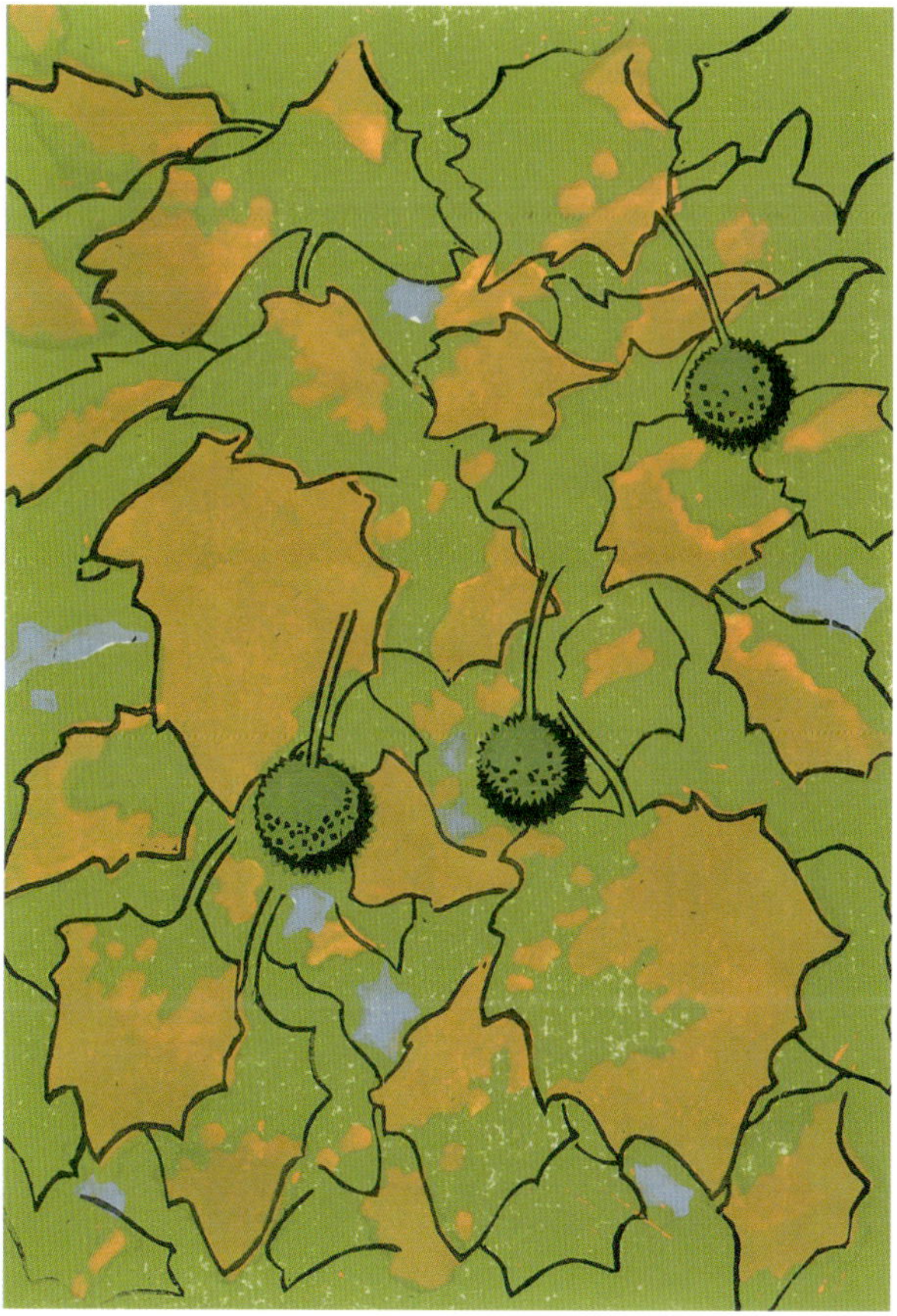

十一月二十日

極楽鳥《ごくらくちょう》飛翔

初めて極楽鳥花を見たのは、大学の卒業式だった。式のことは、学長の挨拶もどういう式次第であったのかも憶えていない。ただ壇上に飾られていた鳥のような花に見とれていた。あとで、その花が極楽鳥花という名前であることを知り、なるほどと納得した。卒業する若者達の飛翔を願ってこの花を選んだのかどうか、今では知る術もない。

四十五歳の時、憧れていたシンガポールを旅した。一都市国家、東南アジア一の大都会。ガーデンシティと呼ばれるほど植物が美しく街を彩っている。赤道直下で熱帯気候。太陽ときおりのシャワー、植物にとっては最高の環境で、放っておくとジャングル化してしまう。空港に降り立って、街を巡り、ホテルまで観葉植物が至る所に生えている。管理されているものもそうでないものもある。そもそも観葉植物という概念は熱帯地域にはなく、熱帯植物に憧れたヨーロッパ、日本の感覚である。シンガポールでも、極楽鳥花は公園、道端のいたるところに、飛び立ちたいとばかりに咲き乱れていた。

十二月三十日

花水木《はなみずき》並木

五十歳を過ぎた頃から散歩を楽しむようになった。持病の腰痛治療を兼ねてのもので、動機は褒められたものではなかった。ところがいざ散歩を始めてみると、その楽しさは予想したものとは異なるものだった。特に植物好きの私にとっては、発見の連続だった。目的地の持たない散歩は、無数の道筋があって、車はもちろん自転車も入れないところ、空き地や露地、私有地さえもときにはおじゃまする。

そんな頃、自宅の近く南北一キロほどに花水木並木が整備された。初夏の頃は、白、紅、薄桃色とやさしい花が咲いて、歩行者やドライバーの目を楽しませてくれる。真夏には木陰が嬉しくて、やっぱり好きな散歩道である。

紅葉の秋は短くて、すぐ落葉する。明るい日射しが歩道に広がって行く。落葉の終えた頃、真っ赤な実が初冬の陽の光に輝いているのを見つけた。散歩の眼は発見の眼だ。

花水木は、百年ほど前ワシントンに贈った桜、染井吉野《そめいよしの》の返礼としてアメリカより日本に贈られたもの。花水木の名を与えられて広く愛されることになったと思う。

十二月一日

山茶花《さざんか》咲いた

「さざんか さざんか 咲いたみち たき火だ たき火だ 落葉たき…」小学校唱歌「たき火」は、山茶花の花を見るたびに記憶が甦る。サ音の繰り返しが心地よく、子供の遊び歌としても人気があったのではないかと思う。

たき火の炎と山茶花の赤が、北風が吹き抜けていく灰色の風景に、なんと鮮やかに彩られているのだろう。「あたろうか あたろうよ しもやけ おててがもうかゆい」

田舎の家は、どこもかも大きくて、垣根がぐるりと取り囲んでいる。単調な垣根のところどころに、柿の木や山茶花を植えて変化をつけている。「垣根の 垣根の曲がり角たき火だたき火だ 落葉たき あたろうか あたろうよ 北風ピープー ふいている」。曲がり角の向こうには、きっと山茶花が満開だろう。

花の少なくなる初冬から、次々と花を咲かせ、春が近づくと春に背くように散っていく。子どもは風の子、山茶花の子。

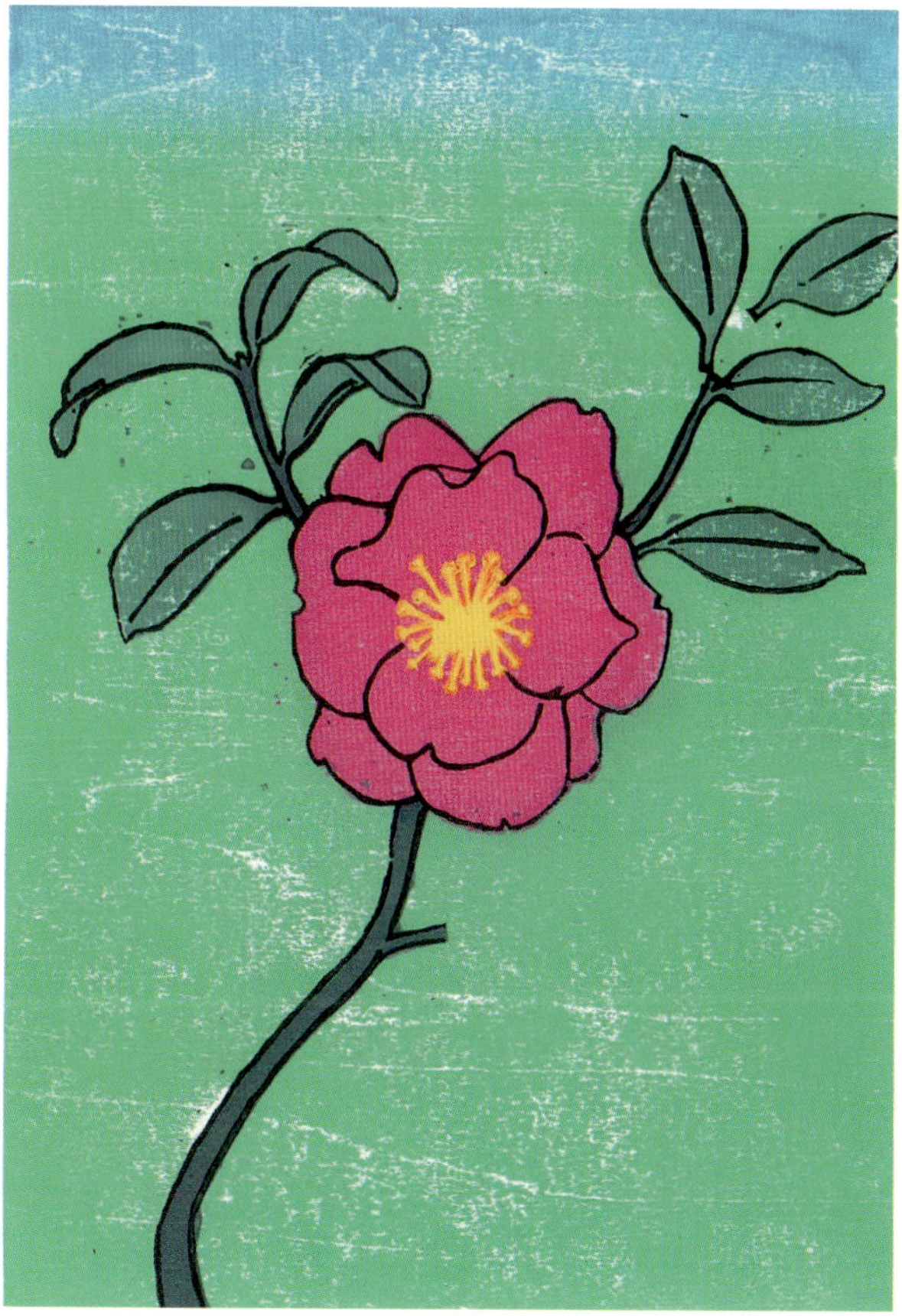

十二月八日

椿恋し寒椿《かんつばき》

椿をモチーフにアート表現をするようになって十年になる。年中椿が恋しくて仕方がない。椿が花を終える四月頃、行く椿を追いかけて町のあちこちを彷徨っている。あの公園、神社、邸宅、まだ椿が残り咲きしていないか、寄り道、回り道である。

初夏になると、夏椿が心を慰めてくれる。夏椿は白椿に似るが葉は落葉し、一重であるが落花せず一枚一枚散る。季節外れに「椿恋し」の想いは、既に多くの先人たちにもあって、夏椿の名付けになったと思われる。別名を娑羅樹《しゃらのき》と言う。

晩秋から初冬になると山茶花が咲き始め、私の「椿恋し」の想いは一層強くなる。そんな心を思いやってくれてか、ある日寒椿が届いた。寒椿は椿と山茶花の交雑種とされる。山茶花の咲く頃に椿への想いから誕生したと思われる。山茶花の色、葉、樹形に似て、八重咲きが多い。寒椿は春には遠い初冬にこそ愛されて華やかだ。

贈っていただいた我がベランダの寒椿は「羽衣《はごろも》」という種。花びらは透けるような薄桃色で、枝先から冬空へ舞い上がっていきそうである。

十二月十一日

榊玉串《さかきたまぐし》

恩のある大切な方が亡くなられた。二十代から四十代まで、酒から人生のあらゆることを教わった。酒類卸業の社長でパトロンとしても格別にお世話になった。

葬儀は会社も自宅もある伊勢で行われた。伊勢神宮のある伊勢では、神式の葬儀である。玉串奉奠《たまぐしほうてん》で亡くなられた方を弔う。玉串に使用される美しい緑の榊は、杉、檜、椿などとともに神木として神に捧げられる。初めて神式の葬儀に参列して、榊の玉串を手にした。榊の小枝は日の光を受けてつやつやと輝き、亡くなられた恩人の命を宿しているように思えた。

ビールしか知らなかった私に、当時珍しかった麦、米、蕎麦、芋などの焼酎、泡盛《あわもり》、ワインを教えてくれた。それまでのビールや酒類も一気に多様化が図られ始めた頃で、酎ハイ、ドライビール、本醸造酒、純米酒、吟醸酒が新発売された。

ワインや焼酎についてはひたすら講義を受けた。ウイスキーについては、二十冊もの専門書をお借りして読んだ。新発売のビールや日本酒については、味はもちろん、ネーミングやパッケージ缶のデザインについて論議を交わした。論議は社長室から馴染みの酒場へと移り、夜が更けるまで続いた。気がつけばいつも伊勢のホテルの朝だった。

十二月十四日

宿り木の頃

高等学校までの通学途中に小さな神社があって、そこを抜けて行くことが下宿と高校のチェンジスイッチのようになっていた。神社の杜は様々な樹があり、季節ごとの表情を見せてくれる。秋の紅葉よりも、空から降って来る落ち葉が好きだった。冬に入ってすっかり葉を落とした樹々に、ところどころに宿り木が絡んで悩ましかった。宿り木は地面には生えず、他の樹上に寄生するという不思議な木である。その不思議さが大好きだった。大学受験という大きな荷物、クラブ活動とささやかな恋の甘酸っぱい青春。内なる憂鬱は、冬空に大きく枝を伸ばす樹に絡まった宿り木のようだった。ある日、その宿り木を見つめていると、たくさんの葉と黄色の実が付いていることに気がついた。宿り木も強く生きているという当たり前のことに気がついた。

春浅い日に大学に合格した。大きな荷物を降ろして神社の杜に出かけた。若葉は樹に明るい色で点描画を描き始めていた。小鳥のさえずりが風の音のように聞こえ、宿り木も新しい命を呼吸するように枝を増やしていた。

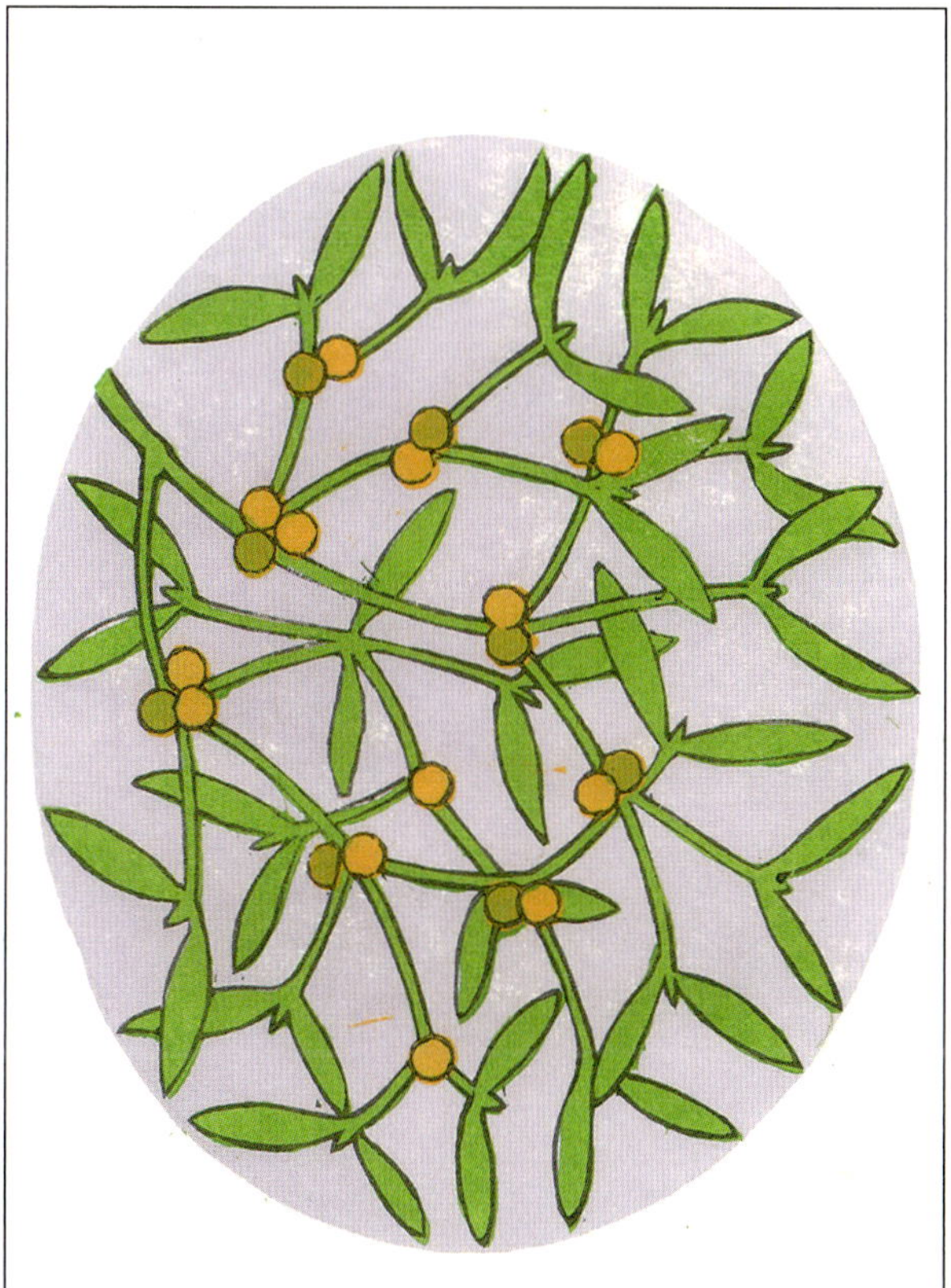

十二月十八日

命篝火草《かがりびそう》

死と苦を連想させるシクラメンの名前を嫌い、篝火草とする日本人の感覚が危うい。篝火草と呼ぶならば、炎のように真っ赤な花がいい。

二十年ほど昔、事故にあって入院中の友を見舞ったとき、枕元に篝火草の鉢植えが飾られていた。真っ赤な篝火草で勢いもよく、友の「生きたい」の思いを表しているようだった。花に見とれている私に、友は「シクラメンが好きかい」と訊いた。答えに戸惑っていると「篝火草って言い換えてもやっぱりシクラメンだよな。お見舞いの方たちはみな『シクラメンきれい』って言って帰るよ。俺は全く気にしない」、と白い歯を見せた。

怪我もたいしたことがなかったようで、三ヶ月で友は退院した。「篝火草のおかげかな」と電話があった。「あのシクラメンは、俺の部屋で大事に育て続けているよ、なんだかとても愛おしくってね」

あらゆる植物が好きから始まる私にとって、友がシクラメンを好きになったことが、とても嬉しかった。

十二月二十日

枇杷《びわ》温もり

冷たい風の中で、私のオフィスのベランダには枇杷の花が咲き続けている。中国南西部原産と知れば、なるほどという力強く美しい形の葉に、守られるように密かに咲いている。触れれば、兎の毛のようにやさしく、兎の眼のように臆病で、じっと身を固くしている。北風にそこだけ温もりが丸まっている。

五月には、我が枇杷も小さい実を付け、期待を高めさせてくれる。やがて六月の初めには美しい黄色、美しい楕円体形でベランダを華やかに明るくしてくれる。明日は収穫しようか、まだ早いか、いやいや小鳥たちに先んじられてはならじと、また袋がけするにはこの姿は愛し過ぎる。

たった十数個の枇杷の実であるが、収穫の朝は大騒ぎ。愛用の竹笊《ざる》を持ち出して、やさしくやさしくもぐ。甘酸っぱい香りが部屋中に広がって、枇杷色に染まる。ベランダでの栽培は、小振りの実であるがまたそれ故にかわいい。

次の冬もまた温かい花を咲かせてくれるのだろう。

十二月二十四日

猩々木《しょうじょうぼく》赤い

クリスマスを彩るポインセチア、和名で猩々木という。赤には朱、紅、暁、緋などたくさんの種類がある。なかでも猩々緋《しょうじょうひ》というのは、極めて赤く強い色である。

一九九〇年の春、初めて沖縄を旅した。デザイン雑誌に特集された沖縄建築を観る旅である。建築とは何か、その特集で初めて興味を持った。「風土が建築のデザインを決定する」というもので、読めば当たり前の論理で世界中どの地域でもそうして家は造られて来たのである。しかし住む家から働く建築という概念、いわゆるビルが登場するようになって、人間の自然風土を無視した力技の建築が当たり前になってしまった。

沖縄の建築は、高温多湿の熱帯気候にあって、いかに風を取り入れるか、また毎年何度も襲ってくる台風にどう向き合うのか。風土が造るデザインが毅然としていた。城西小学校は、赤い琉球瓦で家並を形成し、遠くの海と美しい調和を奏でていた。名護市庁舎は、風土に映える堂々としたもので、街にはガジュマルの大木が商店街に大きな枝を広げていた。気配を感じてふと振り返ったら、真っ赤な花(花びらではなく苞葉《ほうよう》)を付けた三メートルもあろうかと思われるポインセチアの木が私に覆い被さっていた。

十二月二十七日

葉牡丹《はぼたん》の日

生まれ育った田舎の村は、殆どが農家で酒屋と煙草屋と日用品を扱う万屋《よろずや》が一軒ずつあるだけだった。農家の玄関前には農作業をするためのカドと呼ばれていた空き地があった。十二月のある日その玄関先に、葉牡丹が置かれた。母は「お正月用の花なんや」と教えてくれたが、私には解らなかった。正月用には門柱に括り付ける根付きの門松があった。それに去年まではそんなものを置かなかった。野菜みたいで牡丹とはとても思えなかった。その習慣は、村中がいっせいに始めたもので、農協がまとめて仕入れたものだったらしい。どこの家も正月には立派な葉牡丹に育ち華やかだった。母は、毎日の水やりが楽しそうだった。

後に知ったことだが、葉牡丹はもともと縁起の良い牡丹の花を飾る習慣による。大名や大きな商家が、寒造りによって冬牡丹を咲かせる江戸時代よりの習慣に憧れて、庶民は輸入された葉牡丹を牡丹代わりに飾ったのが始まりとされる。

我が家の葉牡丹は、正月が過ぎ三月になっても、母が可愛がっていた、真ん中からスルスルと伸びた茎に花が咲いた。なんだか間の抜けた花だったが、母は嬉しそうだった。

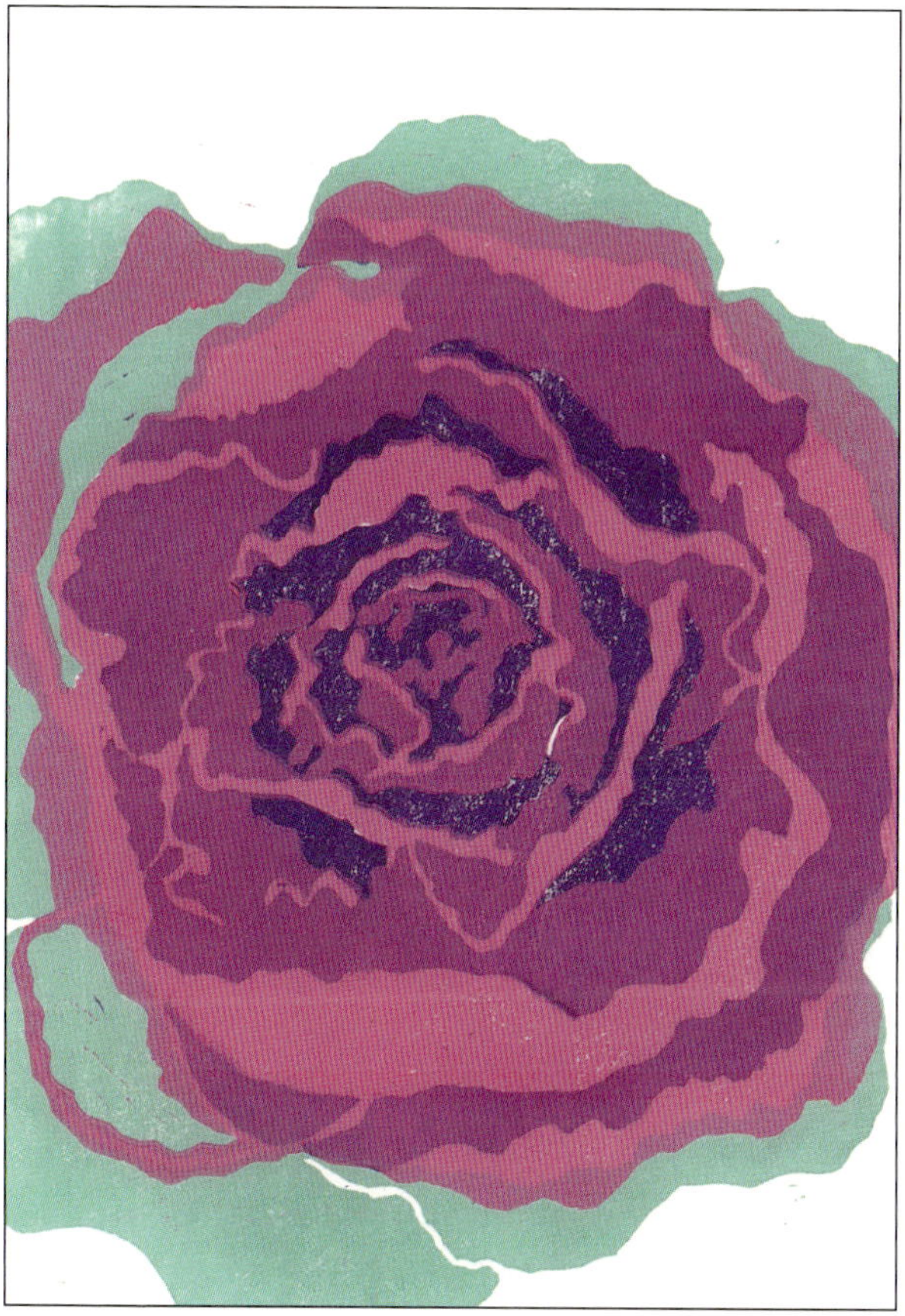

出会ってくださった たくさんの人と花に ありがとう

郷土総合文芸誌「駒来」は二〇〇九年から始まりまして、十年になろうとしています。続けて来られましたのは、それなりに健康で、時間も作れたということで嬉しいことです。読み返しまして、母とのことが多くて少し恥ずかしいです。母は花が大好きでした。小さな畑の片隅に、水仙、芍薬、ダリアなどを植えて芽が出たと言っては歓び、蕾ができ花が咲く度に、その名を私に教えてくれました。私の花好きは、母からの大切な贈りものです。昨年の初夏、母を送った斎場には、咲き始めたばかりの夏椿が母のようにやさしく微笑んでいました。

小学校六年のとき、お小遣いを貯めて欲しくて仕方なかった小学館の「植物の図鑑」を買いました。三五〇円、いつも手元に置いて眺めていました。夏休みの宿題も男子としては珍しい植物標本作りでした。高校時代の下宿生活をはじめとしてこれまで十度引越しましたが、図鑑は今も手元にあります。実に五十五年の愛読書です。

高校時代に在籍していました部活動は、生物部、文芸部、そして美術部です。まるでこの本ができることを予期していたような感

じです。大学時代は呆けた生活を送っていて、この本に登場してくるお話もわずかです。デザイナーを目指していたのですが、田舎の大学に緊張感などありませんでした。就職は大学の研究室、助手でしたので学生たちとの毎日は、遊ぶ、学ぶ、創作、仕事が一体化したとても恵まれた環境であったと思います。膨大な数の展覧会とともに、作品を作り、その中心テーマはいつのまにか植物になっていました。美術大学卒業ではない自分が抱えていたコンプレックスは、表現の基本とされる人物デッサンであり、自信の持てるところは植物への知識と眼差しでしかなかったと思います。表現テーマというのは作家にとりまして人生そのものであるわけですから、まあそれでよいと思っています。

美術表現は、自由に手を操る行為が印象付けられますが、その前に心があり、イメージを具現化する脳があります。最終的に美術表現にならずに、音楽や文学、あるいは役者として素晴らしい表現者となった美術出身者がたくさんいます。想いを表現することという点において、すべてが芸術です。絵の構想がまとまらないときに、先に文が浮かび絵ができたということも度々です。そんな植物、文学、美術の本です。

出会ってくださったたくさんの人と花に、ありがとうの気持ちでいっぱいです。

二〇一八年十月

名古屋市東区代官町のオフィスアトリエにて　高北幸矢

索引

あ
青木《あおき》――54
秋桜《あきざくら・コスモス》――188
通草《あけび》――196
浅黄水仙《あさぎすいせん・フリージア》――48
朝顔《あさがお》――144
薊《あざみ》――108
紫陽花《あじさい》――106
馬酔木《あせび・あしび》――36
蒼梅《あおうめ》――104
う
梅《うめ》――28
え
豌豆《えんどう》――62
お
大犬の陰嚢《おおいぬのふぐり》――46
大山蓮華《おおやまれんげ》――114
白粉花《おしろいばな》――158
苧環《おだまき》――96
鬼百合《おにゆり》――146
女郎花《おみなえし》――206
か
篝火草《かがりびそう・シクラメン》――228
柿《かき》――192
杜若《かきつばた》――98
片栗《かたくり》――42
烏瓜《からすうり》――198
花梨《かりん》――74
寒椿《かんつばき》――222
き
桔梗《ききょう》――164
貴船菊《きふねぎく・しゅうめいぎく》――208
擬宝珠《ぎぼうし・ぎぼうしゅ》――110
夾竹桃《きょうちくとう》――140
金木犀《きんもくせい》――184
く
葛《くず》――178
梔子《くちなし》――116
茱萸《ぐみ》――78
こ
極楽鳥花《ごくらくちょうか・ストレリチア》――216
小紫《こむらさき》――190
さ
榊《さかき》――224
鷺草《さぎそう》――142
櫻《さくら》――64
桜ん坊《さくらんぼう》――122
石榴《ざくろ》――132
山茶花《さざんか》――220
三色菫《さんしょくすみれ・パンジー》――24
し
著莪《しゃが》――86
芍薬《しゃくやく》――102
車輪梅《しゃりんばい》――170
十薬《じゅうやく・どくだみ》――112
春蘭《しゅんらん》――52
猩々木《しょうじょうぼく・ポインセチア》――232
菖蒲《しょうぶ》――84
沈丁花《じんちょうげ》――34
す
水仙《すいせん》――4
酔芙蓉《すいふよう》――168
睡蓮《すいれん》――134
鈴掛《すずかけ・プラタナス》――214
芒《すすき》――182
鈴蘭《すずらん》――100
菫《すみれ》――56

せ
千日紅《せんにちこう》 160
千両《せんりょう》 8

た
竹《たけ》 14

ち
茶《ちゃ》 186

つ
躑躅《つつじ》 80
椿《つばき》 32
露草《つゆくさ》 124
石蕗《つわぶき》 212

て
鉄線《てっせん・クレマチス》 94

と
黄蜀葵《とろろあおい》 162

な
夏椿《なつつばき・しゃらのき》 130
撫子《なでしこ》 174
菜の花《なのはな》 30
南天《なんてん》 26

ね
猫柳《ねこやなぎ》 40

の
凌霄花《のうぜんかずら》 136
野菊《のぎく》 172

は
白木蓮《はくもくれん》 60
萩《はぎ》 200
はこべ《はこべ》 10
蓮《はす》 148
花水木《はなみずき》 218
母子草《ははこぐさ》 90
葉牡丹《はぼたん》 234
薔薇《ばら》 138

ひ
彼岸花《ひがんばな》 180
雛芥子《ひなげし》 68
向日葵《ひまわり》 154
百日草《ひゃくにちそう》 152
枇杷《びわ》 230

ふ
福寿草《ふくじゅそう》 20
蕗の薹《ふきのとう》 16
藤《ふじ》 88

ほ
酸漿《ほおずき》 150
木瓜《ぼけ》 12
蛍袋《ほたるぶくろ》 128
牡丹《ぼたん》 82
牡丹百合《ぼたんゆり・チューリップ》 72
不如帰《ほととぎす》 204

ま
松虫草《まつむしそう》 166
眉刷毛万年青《まゆはけおもと》 202
万両《まんりょう》 6

み
水芭蕉《みずばしょう》 58

む
木槿《むくげ》 156

も
木春菊《もくしゅんぎく・マーガレット》 92
木蓮《もくれん》 66
桃《もも》 50

や
八手《やつで》 210
宿り木《やどりぎ》 226
山吹《やまぶき》 70
山桃《やまもも》 118

ゆ
雪柳《ゆきやなぎ》 44
百合《ゆり》 126

り
竜の髭《りゅうのひげ》 38
竜胆《りんどう》 176

れ
蓮華草《れんげそう》 76

ろ
蝋梅《ろうばい》 22

わ
忘れ草《わすれぐさ・やぶかんぞう》 120
侘助《わびすけ》 18
吾亦紅《われもこう》 194

高北幸矢（たかきたゆきや）アーティスト、デザイナー、プロデューサー

清須市はるひ美術館館長、高北デザイン研究所主宰、ギャラリースペースプリズム主宰、愛知芸術文化協会理事長。1950年三重県生まれ。三重大学教育学部美術科卒業。名古屋造形大学講師、助教授、教授、学長を経て現在名古屋造形大学名誉教授。

個展活動
1972～2018年 名古屋、津、岐阜、東京、スペイン(バルセロナ)、台湾(台南)、アメリカ(ボイシー)などで個展59回。2012年古川美術館分館為三郎記念館にて個展「高北幸矢インスタレーション『落花の夢。』」、2013年古川美術館分館為三郎記念館にて個展「高北幸矢インスタレーション『落花、夏の夢。』」、2015年浅間温泉ギャラリーゆこもりにて個展「高北幸矢インスタレーション『落花、湯籠り。』」、2015年半田市旧中埜半六邸にて個展「高北幸矢インスタレーション『落花、入れ籠人る。』」、2016年北鎌倉ポラリス・ジ・アートステージにて個展「高北幸矢インスタレーション『落花、鎮魂。』」、2016年極小美術館にて個展「高北幸矢インスタレーション『落花、山麓。』」、2017年椿大神社社殿前にて「高北幸矢インスタレーション『落花、奉納。』」、2018年日本料理後楽荘にて「高北幸矢インスタレーション『百年に、落花。』」等、落花の椿をモチーフとしたインスタレーションを中心に展開している。

コレクション
ニューヨーク近代美術館、ポーランド・ポズナン美術館、チューリッヒ・造形美術館、カナダ・ストラッドフォード美術館、ポーランド・ワルシャワ・ポスター美術館、ドイツ・ハンブルグ美術工芸博物館、フィンランド・ラハチポスター美術館、ハンガリー・ペ－チガレリア美術館、アメリカ・ボイシー州立大学、ウクライナ・ハリコフ美術館、南台科技大学(台湾)、国立台湾師範大学(台湾)、四川大学(中国)、富山県立美術館、古川美術館、極小美術館、椿大神社等。

主な受賞
1988年・1990年環境デザイン大賞優秀賞、1990年SDA(日本サインデザイン協会)地域賞、1993年デザインフォーラム93銅賞。1996年第21回愛知広告賞審査員特別賞。1997年平成9年度名古屋市都市景観賞。2007年SMIクライアントアウォード2007等。

著書
「公共空間のデザイン」共著(大成出版社)、「都市の増殖体」(スペースプリズム)、「KIJOSHOKUBUTSU-SHI」編著(スペースプリズム)、「高北幸矢グラフィックデザイン」(高北デザイン研究所)、高北幸矢インスタレーション「落花の夢」(公益財団法人古川知足会)、高北幸矢インスタレーション「落花2」(公益財団法人古川知足会)、高北幸矢インスタレーション「落花3」(極小美術館)

所属
愛知芸術文化協会、CBCクラブ、ねんげ句会

花のエッセイと木版画
きおくにさくはな

二〇一九年一月十日 第一刷発行
（定価はカバーに表示してあります）

著　者　高北幸矢

発行者　山口章
発行所　風媒社
名古屋市中区大須一丁目十六番二十九号
電　話〇五二―二一八―七八〇八
FAX〇五二―二一八―七七〇九
http://www.fubaisha.com/

印刷所　モリモト印刷

ISBN978-4-8331-4593-0